국어_과 선생님_{이 뽑은}

한국문학읽기
한국고전읽기
세계문학읽기

국어과 선생님이 뽑은

고전 신화·설화 모음

★북·앤·북

국어과 선생님이 뽑은 고전 신화 · 설화 모음

 단군신화 · 구토설화 · 주몽신화 外

초판 1쇄 | 2013년 9월 15일 발행

지은이 | 설총 외
엮은이 | dskimp2000@naver.com
교정 | 이정민
디자인 | 인지숙
일러스트 | 이혜인
펴낸이 | 이경자
펴낸곳 | 북앤북

주소 | 서울 마포구 월드컵로 11길 35, 101동 502호
전화 | 02-336-9948
팩시밀리 | 02-337-4315
등록 | 제 313-2008-000016호

ISBN 978-89-89994-78-7 44810
       978-89-89994-91-6 (세트)

국립중앙도서관 출판시도서목록(CIP)

단군신화·구토설화·주몽신화 外 : 국어과 선생님이 뽑은
고전 신화·설화 모음 / 지은이: 설총 외 ; 엮은이:dskimp
2000@naver.com. -- 서울 : 북앤북, 2013
  p. ;   cm. -- (국어과 선생님이 뽑은 문학읽기 ; 32
)

ISBN 978-89-89994-78-7 44810 : ₩8500
ISBN 978-89-89994-91-6(세트) 44810

신화(이야기)[神話]

813.5-KDC5   CIP2013017336

잘못된 책은 구입하신 서점에서 바꾸어 드립니다.

이 책에 수록된 작품의 표기는 '한글 맞춤법'의
규정을 원칙으로 하되 작가 특유의 문체나 방언,
외래어 등은 원본에 따른다.

국어과 선생님이 뽑은

단군신화 구토설화 주몽신화를

에게 드립니다

차례

신화 · 설화(神話 · 說話)

설화는 일정한 구조를 가진 꾸며낸 이야기로 서사 문학의 근본이다.
설화는 신화, 전설, 민담으로 나누어진다. 설화는 소설 문학의
기원이 된다. 우리나라의 경우 고대 설화가 고려 시대에 들어와
정착되면서 패관 문학이 발달하고 이것이 가전체를 거쳐
고대 소설을 발생시켰다. 설화의 가장 큰 특징은 구전되는 점이다.
설화는 반드시 화자가 청자를 대면하여 청자의 반응을 의식하며
구연된다. 이에 구전에 적합하도록 단순하면서도
잘 짜여진 구조를 가지며 표현도 복잡하지 않다.
그리고 구전되기 때문에 보존과 전달 과정은 유동적이며 가변적이다.
전승되는 설화를 문자로 정착시키면서 문헌 설화가 되고,
설화를 정착시켜 기록 문학적 복잡성을 가미하면 소설이 된다.
설화에서 소설로의 이행은 구비 문학이 기록 문학으로
바뀌는 과정에서 가장 큰 비중을 차지한다.
설화 중 민담의 일부는 전래 동화로 정착되기도 하였다.

국어과 선생님이 뽑은

단군신화 · 구토설화 · 주몽신화 外

단군신화

작자 미상

단군 신화

《단군 신화》는 우리나라 최초의 국가인 고조선의 건국 내력을 밝혀 주는 건국 신화이다. 고조선이 청동기 시대에 성립된 국가이므로, 단군 신화는 청동기 시대의 역사적 사실과 고대인들의 세계관을 반영하고 있다. 환인의 아들 환웅은 제정일치 사회의 정치적 군장이자 종교적 제사장이다. 천부인은 바로 무왕(巫王)으로서의 권능을 상징한다. 또 환웅이 풍백, 우사, 운사를 거느리고 내려왔다는 것은 천신을 숭배하고 농경문화를 가진 부족이 이주해 왔음을 뜻한다. 따라서 환웅과 웅녀의 결합은, 천신을 믿고 농경문화를 가진 이주 민족과 지신을 믿는 토착 민족의 결합을 의미한다. 이 과정에서 곰이 굴속에서 삼칠일의 금기를 지키고 나서야 인간이 되었다는 것은 시련과 역경을 극복하는 통과의례로, 이주 민족의 우월 의식을 반영한 것이다. 또 환웅이 신단수 아래에 내려와 신시를 열고 3백60 여 가지의 일을 주관하여 인간 세계를 다스려 교화했다는 것은 이미 성립된 인간 사회의 질서를 확립하는 과정이다.

단군 신화의 가장 큰 의미는 고조선이 홍익인간이라는 건국이념을 가지고 이 땅에 내려온 천신의 아들 단군에 의해 세워졌다는 것을 밝힌 것이다. 따라서 이 신화는 민족의 수난기에 우리 민족의 우월성과 신성성을 고취하는 역할을 해 왔다.

작품 줄거리

옛날에 환인의 서자 환웅이 천하에 뜻을 두고 세상을 탐했다. 그의 아버지가 아들의 뜻을 알고 환웅에게 천부인 세 개를 주어 세상을 다스리게 했다. 환웅은 태백산 마루에 있는 신단수 밑에 내려와서 그곳을 신시라 하고, 자칭 환웅천왕이라 했다. 이때 곰 한 마리와 범 한 마리가 환웅에게 사람이 되게 해 달라고 빌었고, 환웅은 신령스런 쑥과 마늘을 주면서 이를 먹고 햇빛을 보지 않으면 사람이 될 것이라 했다. 곰과 범은 이것을 받아서 먹었다. 곰은 삼칠일 만에 여자가 되어 환웅과 결혼을 해 아이를 낳았는데, 그가 바로 단군 왕검이다. 단군은 요임금이 왕위에 오른 지 50년인 경인년에 평양성에 도읍을 정하고 조선이라 불렀다.

핵심정리

갈래: 신화

구성: 건국 신화

제재: 단군의 탄생과 고조선의 건국

주제: 홍익인간과 단일 민족의 역사성

출전: 삼국유사

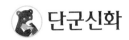

단군신화

아득한 옛날, 환인(桓因) 이 하늘 세계를 다스리던 때이다.

환인에게는 환웅(桓雄)이라는 서자(庶子)가 있었는데, 그는 늘 천하에 뜻을 두고 인간 세상을 다스리고자 하는 욕망을 가졌다.

그러던 어느 날, 마침내 환인이 아들의 그러한 뜻을 알게 되었다.

환인은 아름답게 펼쳐진 산천과 넓은 들판을 보며 생각했다.

'저 땅이라면 널리 인간을 다스려 이롭게 할 만한 곳이겠구나…….'

환인은 아들을 불러 말했다.

"지상으로 내려가면 인간들을 잘 다스릴 수 있겠느냐?"

환웅은 기뻐하며 대답했다.

"예, 꼭 행복한 낙원으로 만들겠습니다."

환인은 천부인 세 개를 환웅에게 주어 지상에 내려가서 인간 세상을 다리스게 했다. 천부인은 일종의 상징물로, 지상으로 거느리고 내려간 부하 신들을 비롯하여 세상을 뜻대로 다스릴 수 있다는 징표였다.

환웅은 3천 명의 부하를 이끌고 태백산 꼭대기에 있는 신단수 아래로 내려왔다. 그는 그곳을 세상을 다스릴 근거지로 삼고 '신시(神市)'라 불렀다.

신시를 연 환웅은 바람의 신, 비의 신, 구름의 신들을 거느리고 농사와 생명, 질병, 형벌, 선악 등 인간 세상에서 벌어지는 3백60여 가지의 일들을 주관하면서 인간 세상을 다스렸다.

이때 어느 동굴에 곰 한 마리와 호랑이 한 마리가 함께 살고 있었다. 이들은 매일 환웅에게 찾아와 사람이 되게 해 달라고 기원했다.

환웅은 이들의 정성을 갸륵하게 여겨 신령한 쑥 한 줌과 마늘 스무 개를 주며 이렇게 말했다.

"이것을 먹으며 백 일 동안 햇빛을 보지 않고 견뎌 낸다면 너희 소원대로 사람이 될 것이다."

그리하여 곰과 호랑이는 쑥과 마늘을 먹으며 동굴 생활을 시작했다.

그러나 호랑이는 스무하루 되던  날, 더 이상 참지 못하고 동굴 밖으로 뛰쳐나가 사람이 되지 못했지만 곰은 환웅의 말을 믿고 끝까지 버텨 마침내 사람으로 다시 태어났다.

곰에서 여인의 몸으로 태어났으니 이를 웅녀(熊女)라 했다.

시간이 지나자 웅녀는 또 다른 욕망이 생겼다. 아기를 갖고 싶었던 것이다. 그러나 웅녀는 짝을 찾지 못해 또 다시 매일 신단수 아래로 찾아가 기원했다.

"부디 제가 아이를 갖도록 도와주십시오."

환웅이 이를 지켜보다가 하도 애틋하여 잠시 사람의

몸으로 변하여 웅녀와 혼인했다.

그 뒤 웅녀는 아들을 낳았다. 그 아들이 바로 단군왕검(檀君王儉)이었다.

단군은 성장하여 나라를 세웠다. 요(堯) 임금이 왕위에 오른 지 50년인 경인년에 평양성(平壤城, 옛 西京)을 도읍으로 정하고, 국호를 조선이라 했다.

그 뒤 단군은 백악산 아사달(阿斯達)로 도읍을 옮겼는데, 이곳을 궁홀산(弓忽山)이라고도 하고 금미달(今彌達)이라고도 했다. 단군은 이곳에서 1천5백 년간 나라를 다스렸다.

나라의 기틀이 잡히자 단군은 임금 자리에서 물러나 잠시 황해도 구월산으로 옮겨 갔다가 다시 아사달로 돌아와 산신(山神)이 되었는데, 그때도 끊임없이 백성들을 보살폈다.

구토설화

작자 미상

구토설화

작품 정리

　이 작품에서는 난관에 부딪혀도 당황하지 않고 슬기롭게 어려움을 헤쳐 나가는 토끼에게서 삶의 지혜와 자세를 배울 수 있다. 이것은 인도의 불전 설화인 《용원설화》를 모태로 한 것이며, 후에 《수궁가》, 《별주부전》 등의 근원 설화가 된다.

작품 줄거리

　옛날 동해 용왕의 딸이 병들었는데, 의원이 이르기를 토끼의 간을 구해서 약을 지어 먹으면 나을 수 있다고 하였다. 이에 거북이가 육지로 올라와 토끼를 교묘히 속여 바다 속으로 데려간다. 2~3리를 가다가 거북이 토끼에게 사정을 털어놓았다. 이 말을 들은 토끼가, 간을 꺼내어 깨끗이 씻어서 바위 위에 널어 두었는데 급히 오느라 간을 두고 왔으니 다시 가서 간을 가지고 오겠다고 한다. 거북이 이 말을 곧이곧대로 듣고 토끼를 놓아주었더니 토끼는 거북의 어리석음을 욕하고 그만 달아난다.

핵심정리

갈래: 설화

구성: 용원설화

제재: 일시적 유혹에 위기를 극복하는 토끼

주제: 지극한 충성과 위기 극복의 지혜

출전: 구비문학대계

🐢 구토설화

옛날 동해 용왕의 딸이 병
들어 앓아누워 있었다. 의원
이 용왕에게 토끼의 간으로 약
을 지어 먹으면 나을 것이라고
말했다. 그러나 바다 속에는 토끼
가 없으므로 어떻게 할 도리가 없었다.
이때 거북이가 용왕에게 아뢰었다.
"신이 토끼의 간을 얻어 오겠습니다."
마침내 거북이가 육지로 올라가서 토끼를 만나 이렇
게 꾀었다.
"바다 속에 가면 섬이 하나 있는데 그곳은 샘물이 맑
고 돌도 깨끗하다. 숲이 우거져 맛있는 과일도 많이 열

리고 춥지도 덥지도 않아. 매나 독수리 같은 것들도 감
히 침범할 수 없는 곳이지. 네가 그곳으로 가면 아무런
근심도 없이 지낼 텐데."

드디어 거북이는 토끼를 꾀어 등에 업고 바다에 떠서
한 이삼 리쯤 갔다.

이때 거북이가 토끼를 돌아보며 말했다.

"지금 용왕님의 따님이 병들어 앓아누워 있는데 토끼
의 간을 약으로 써야만 낫는다고 하기에 내가 수고스러

움을 무릅쓰고 너를 업고 가는 거야."

토끼가 이 말을 듣고 말했다.

"아아, 그래. 나는 신명(神明, 천지신명의 준말)의 후예로 능히 오장을 깨끗이 씻어 이를 다시 뱃속에 넣을 수 있는 능력이 있지. 그런데 요사이 마침 근심스러운 일이 있어 간을 꺼내어 깨끗하게 씻어서 말리려고 잠시 동안 바윗돌 밑에 두었거든. 바다 속 속계가 좋다는 너의 말만 듣고 급히 오느라 그만 간을 두고 왔지 뭐야. 내 간은 아직 바윗돌 밑에 있으니 내가 다시 돌아가서 간을 가지고 오지 않으면 어찌 네가 간을 구해 가지고 갈 수 있겠니. 나는 간이 없어도 살 수가 있으니, 간을 가지고 오면 어찌 둘 다 좋은 일이 아니겠니?"

거북이는 이 말을 곧이듣고 다시 육지로 올라왔다.

토끼가 풀숲으로 뛰어가면서 거북을 놀렸다.

"거북아, 너는 참으로 어리석구나. 어찌 간 없이 사는 놈이 있단 말이냐?"

거북이는 멋쩍어서 아무 말도 못하고 돌아갔다.

조신설화

작자 미상

조신설화

작품 정리

《삼국유사》3권에 수록되어 있는 신라 시대의 설화이며 일장춘몽인 인생의 허무를 주제로 한 꿈의 문학으로 국문학사상 그 원조(元朝)이다. 설화이긴 하나 단편 소설 이상의 구성과 압축된 주제를 살렸다.

이 작품은 불도에 정진해야 할 승려가 세속의 처녀를 사모하면서 오히려 그런 욕망을 관음보살에게 빌고 있는 조신의 모습에서 현실을 극복하는 것이 얼마나 어려운 것인지를 알 수 있다. 특히 이 설화는 정토사라는 절의 건립 내력을 설명하는 사원 연기 설화의 증거가 된다고 할 수 있다. 이 설화를 통해 '인생의 즐거움에 대한 욕망은 한낱 꿈이요, 고통의 근원이니 집착을 버려야 한다'는 불교적인 가르침이 잘 드러나 있다.

　신라 때의 승려 조신이 명주 태수 김흔의 딸을 보고 반한다. 얼마 후 김흔의 딸이 다른 남자에게 시집을 가자 조신은 울면서 그녀를 못내 그리워한다. 하루는 부처를 원망하다가 피곤해서 낮잠을 자는데, 꿈속에서 김흔의 딸이 나타나 부모의 뜻을 거역할 수 없어 할 수 없이 출가를 했지만 대사를 마음속으로 사모한다면서 돌아온다. 조신은 기뻐하며 고향에 돌아가 40여 년을 같이 살며 자식을 다섯이나 두었으나 살림은 찢어지게 가난하였다. 15세 된 큰아들이 굶어 죽자 길가에 묻었고, 부부가 늙고 병들어서 움직일 수 없게 되자 10세 된 딸이 걸식하였는데, 미친개에게 물려 드러눕게 된다. 하는 수 없이 자식들을 서로 나누어 막 헤어지려는 찰나 조신은 잠을 깬다. 자신은 백발이 성성한 노인이 되어 있었고 큰아들을 묻은 곳을 파 보니 돌미륵이 나왔다. 인생의 덧없음을 깨우친 후 돌미륵이 나온 자리에 정토사를 지어 불도에 진력하였다.

핵심정리

갈래: 설화

구성: 환몽 설화

제재: 인생무상

주제: 인생의 덧없음을 깨닫고 불도(佛道)에 전념

출전: 삼국유사

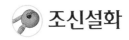
조신설화

신라 시대 때 세규사(世達寺, 지금의 흥교사)라는 절의 장원(莊園 : 사찰이 소유한 토지)이 명주(溟洲, 지금의 강릉)에 있었다. 본사에서는 조신(調信)이라는 중을 그 장원의 관리인으로 파견했다.

그는 명주 지방에 있으면서 그곳 태수 김흔(金昕)의 딸을 좋아했다.

그는 여러 번 낙산사의 관음보살상 앞에 나아가 그녀와 혼인하게 해 달라고 남몰래 빌었다.

그러나 조신이 기도에만 열중하는 사이 그녀는 다른 남자에게 시집을 가 버리

고 말았다. 조신은 절망하여 관음보살상 앞으로 나아가 자기의 소원을 들어주지 않은 것을 원망하며 날이 저물도록 슬피 울다가 지쳐서 잠이 들었다.

그런데 꿈속에 김흔의 딸이 함빡 웃으며 나타나 이렇게 말했다.

"저도 일찍이 대사님을 뵙고 마음속으로 사모해 왔습니다. 그러나 부모님의 명을 거역할 수 없어 억지로 출가를 했습니다만, 이제는 대사님과 함께 살고자 이렇게 달려왔습니다."

조신은 크게 기뻐하며 그녀와 함께 고향으로 돌아갔다. 그들은 40여 년의 세월을 함께 살면서 다섯 명의 자녀를 두었다.

그러나 그들의 생활이 너무 가난하여 입에 풀칠하기도 힘들었다. 그래서 10여 년간을 이 집 저 집 돌아다니며 빌어먹다가 열다섯 난 큰아들은 굶어서 죽고, 조신과 그의 아내는 늙고 병들어 자리에 눕고 말았다. 그때 열 살 된 딸이 이를 보다 못해 구걸을 나섰다가 미친개에게 물려 쓰러졌다.

이 사실을 접한 부부는 목이 메고 가슴이 미어졌다. 아내는 눈물을 씻으며 조신에게 말했다.

"제가 처음 당신을 만났을 때는 나이도 젊고 얼굴도 예뻤으며, 입은 옷도 깨끗했습니다. 그리고 당신과의 사랑도 깊어 헝겊 하나로 둘이 덮고 잘망정 따뜻한 정을 느낄 수 있었고, 밥 한 그릇을 둘이 나눠 먹어도 배가 불렀습니다. 그렇게 살아온 지가 어느새 50년에 이르렀습니다. 하지만 몇 년 사이에 몸은 늙어 병들었고, 아이들은 굶주려 죽었습니다. 이제는 구걸을 하려 해도 집집마다 문을 굳게 닫고 열어 주지 않습니다. 형편이 이러한데 어느 겨를에 부부간의 정을 나눌 수 있겠습니까? 꽃다운 얼굴과 화사한 웃음도 풀잎에 이슬이요, 지초(芝草)와 난초(蘭草) 같은 약속도 바람에 나부끼는 버들가지처럼 덧없게 되었습니다. 이제 당신은 내가 있어 더욱 근심이 되는 지경에 이르렀습니다. 지금 와서 조용히 옛날의 기쁨을 생각해 보니 그것이 바로 근심의 시작이었습니다. 이

제 우리는 더 이상 참을 수 없는 상황에 이르렀으니 헤어

지는 도리밖에는 없습니다. 헤어졌다가 다시 만나는 것

도 다 운명이 아니겠습니까?"

　조신은 오히려 아내의 말이 기쁘게 들렸다. 그리하여

부부는 각각 아이 둘씩을 나누어 헤어지기로 했다. 막 헤

어지려 하자 부인이 말했다.

"저는 고향으로 가겠으니 당신은 남쪽으로 가십시오."

이리하여 서로 작별하고 떠나려는데 잠에서 깨어났다.

모두가 한바탕 꿈이었던 것이다. 불당 안의 등불은 여전히 깜빡거리고, 어느덧 희뿌옇게 날이 새고 있었다.

아침이 되었다. 깨어 보니 조신의 수염과 머리가 하얗게 세어 있었다.

괴롭게 살아가는 것도 싫고, 마치 한평생의 고생을 다 겪고 난 듯 재물을 탐하는 마음도 얼음 녹듯 깨끗이 사라졌다. 그러자 관음보살상을 대하기가 부끄러워졌고, 잘못을 뉘우치는 마음을 억누를 수가 없었다.

조신은 꿈에서 열다섯 살 아들이 굶어 죽었을 때 그 시체를 파묻은 곳을 찾아가 파 보았더니 돌미륵이 나왔다. 그는 인생이 물거품같이 허무하다는 것을 깨닫고, 장원의 자리를 내놓았다. 그러고는 자신의 사재를 들여 돌미륵이 나온 자리에 정토사(淨土寺)라는 절을 세웠다.

그리고 다시는 인간 세상에 뜻을 두지 않고 불도에만 전념했다. 그 후 그가 어디서 세상을 마쳤는지는 알 수 없다.

이에 시를 지어 경계한다.

잠시 즐거운 때는 마음에 맞아 한가롭더니
근심 속에 어느덧 남모르게 늙는구나.
모름지기 한 끼의 조밥이 다 익기를 기다리지 말고
인생이 한바탕 꿈임을 깨달았도다.

수신(修身)의 깊은 뜻은 먼저 참되게 함에 있는 것.
홀아비는 미녀를, 도둑은 창고를 꿈꾸는구나.
어찌 가을날 하룻밤 꿈만으로
때때로 눈만 감아 청량(清凉)의 경지에 이르겠는가.

주몽신화

작자 미상

주몽신화

작품 정리

　이 작품은 《삼국유사》에 실린 고구려의 건국 신화로, 고주몽
이 어떠한 과정을 거쳐 고구려를 건국하게 되었는지를 다루고 있
다. 이 글은 주인공이 알에서 나는 〈난생신화〉에 해당하며, '어
별성교'의 유명한 모티브도 포함되어 있다. 《동명왕 신화》에는
천손강림, 난생, 동물 양육, 기아, 주력 등 고대 서사 문학에 나타
나는 여러 요소가 모두 나타나는데, 이는 금와 전설, 해모수 신
화, 난생 신화 등이 적절히 배합된 것이라 볼 수 있으며, 고구려
의 세력 범위가 광활하였다는 것과도 연관 지을 수 있다.

하백이라는 수신의 딸 유화는 어느 날 웅심연에 놀러 나갔다가 천제의 아들 해모수에게 붙잡힌다. 하백이 크게 분노하자 해모수가 이를 부끄럽게 여겨 유화를 보내려 하자 이미 왕과 정이 들어 떠나지 않으려 한다. 그러자 하백은 유화를 귀양 보낸다. 어느 날 금와왕이 물속에서 유화를 발견한다. 유화는 알을 하나 낳았는데 금와왕이 내다 버리려 했으나 이상하게 여겨 알을 도로 유화에게 돌려준다. 알에서 한 아이가 태어났는데 그 아기는 매우 출중하고, 특히 활을 잘 쏘아 '주몽'이라 불렸다. 금와왕의 일곱 아들이 그의 재주를 시기하여 죽이려 하자, 이를 안 주몽의 어머니 유화는 계략을 써서 주몽이 기르던 말 중 가장 좋은 말을 타고 도망가게 한다. 엄수에 이르러 그들의 추격이 급박해지자 주몽은 하늘을 향해 자신이 하늘의 아들이며 물의 신(神) 하백의 외손자임을 말하며 도움을 청한다. 이에 자라와 고기가 무사히 달아나도록 돕는다. 드디어 주몽은 남쪽 졸본에 이르러 고구려를 세우게 된다.

핵심정리

갈래: 신화

구성: 건국신화

제재: 주몽의 탄생과 고구려건국

주제: 민족의 일체감

출전: 구비문학대계

주몽신화

한(漢) 신작(神雀) 삼년 임술(壬戌)년에 천제는 아들 해모수를 부여왕의 옛 도읍에 내려 보냈다. 해모수가 하늘에서 내려올 때 오룡거(五龍車)를 탔고, 종자 1백 여인은 백곡(白鵠, 고니)을 탔으며 채색 구름은 뜨고 음악은 구름 속에 들렸다. 해모수는 웅심산(熊心山)에서 10여 일이 지난 후에야 비로소 내려왔는데 머리에는 까마귀 깃으로 된 관(烏羽冠)을 쓰고 허리에는 용광이 빛나는 칼(龍光劍)을 찼다. 세상 사람들은 아침에 정사(政事)를 돌보고 저녁이면 하늘로 올라가는 그를 천왕랑(天王郎)이라 했다.

성북(城北)의 청하(靑河)에는 하백(河伯)이라는 수신이 있었다. 그에게는 유화(柳花), 훤화(萱花), 위화(葦花) 세 딸이 있었다. 어느 날 그들은 웅심연(熊心淵)으로 놀러 나갔다가 해모수를 보자 달아났다. 하지만 유화는 해모수에게 붙잡혔다.

하백은 크게 노하여 사자를 보내 말했다.

"너는 누구인데 나의 딸을 붙잡아 두었느냐?"

해모수가 대답했다.

"나는 천제의 아들 해모수로 하백의 딸에게 구혼하고자 한다."

하백이 다시 사자를 보내어 말했다.

"네가 천제의 아들로 내 딸에게 구혼을 하려 한다면 마땅히 중매를 보내야 하거늘, 어찌하여 내 딸을 붙잡아 두는 것인가?"

해모수는 이를 부끄럽게 여겨 유화를 놓아주려 하였으나 이미 왕과 정이 들어 떠나려 하지 않았다. 유화가 왕에게 권했다.

"오룡거(五龍車)만 있으면 하백의 나라에 도달할 수 있습니다."

　왕이 하늘을 가리켜 소리를 치자 하늘에서 오룡거(五龍車)가 내려왔다. 왕과 유화가 수레를 타자 갑자기 바람과 구름이 일더니 어느덧 하백의 궁전에 이르렀다. 하백은 예(禮)를 갖추어 이들을 맞이하고 자리를 정한 뒤에 말했다.

"혼인이란 천하에 통용하는 법인데 어찌하여 예를 어기고 나의 가문을 욕되게 하는가? 왕이 천제의 아들이라면 신이함이 있지 않은가?"

그러자 왕이 말했다.

"한번 시험해 보겠습니다."

이에 하백이 뜰 앞의 물에서 잉어가 되어 놀자 왕은 수달로 변해서 이를 잡았다. 하백이 다시 사슴이 되어 달아나자 왕은 늑대가 되어 이를 쫓고, 하백이 꿩으로 변하자 왕은 매가 되어 이를 쳤다. 하백은 왕이 천제의 아들이라 여기고 예를 갖춰 혼인을 치렀다. 하지만 하백은 왕이 딸을 데려갈 마음이 없는 것은 아닌가 내심 걱정되어 잔치를 베풀고 왕에게 술을 권해 취하게 한 뒤 딸과 함께 작은 혁여(革輿)에 넣어서 용거(龍車, 임금이 타던 수레)에 실어 하늘로 승천하도록 했다. 그 수레가 물을 채 빠져나오기 전에 술이 깬 왕은 유화의 황금 비녀로 혁여를 찌르고 그 구멍으로 홀로 나와 하늘로 올라갔다.

하백은 크게 노하여 유화에게 말했다.

"너는 내 뜻을 거역하고 우리 가문을 욕되게 했다."

하백은 딸의 입을 삼 척이나 늘여 놓고 노비 두 사람을 주어 우발수(優渤水)로 귀양을 보냈다.

어사(漁師) 강력부추(强力扶鄒)가 금와왕에게 아뢰었다.

"요즈음 양중(梁中)에 고기를 가져가는 자가 있는데 어떤 짐승인지 알지 못하겠습니다."

왕이 어사를 시켜 그물로 이것을 끌어내게 했더니 그물이 찢어졌다. 다시 쇠 그물을 만들어 끌어내니 한 여자가 돌 위에 앉아 있었다. 하지만 그 여자는 입술이 길어서 말을 할 수가 없었다. 입술을 세 번 자른 뒤에야 비로소 여자는 말을 했다. 왕은 그녀가 천제자의 비(妃)임을 알고 별궁(別宮)에 두었다. 그 여자는 햇빛을 받고 그 때문에 임신을 해서 신작(神雀) 사년 계해(癸亥)년 하사월(夏四月)에 주몽(朱蒙)을 낳았는데 울음 소리가 매우 크고 기골이 장대하고 기이했다.

유화가 처음 주몽을 낳을 때 왼편 겨드랑이에서 알을

하나 낳았는데 크기가 닷 되쯤 되었다. 왕이 이를 괴이하게 여겨 말했다.

"참으로 괴이한 일이로다. 사람이 알을 낳다니⋯⋯."

왕은 사람이 알을 낳은 것이 영 꺼림칙하여 그 알을 내다 버리라고 명했다.

그런데 이상한 일이 벌어졌다. 신하들은 그 알을 개와 돼지들이 있는 우리 안에 던져 버렸다. 그랬더니 개와 돼지들이 알을 건드리지 않았다. 그래서 다시 알을 꺼내 말과 소가 있는 우리에 던져 넣어 보았다. 그래도 말과 소들은 알을 밟지 않고 옆으로 피해 다녔다.

이번에는 거친 들판에 내다 버렸다. 그랬더니 먼 곳에서 짐승들이 달려오고 하늘에서 새들이 내려와 털과 날개깃으로 알을 덮어 주는 것이었다.

너무 이상하게 여긴 왕은 알을 다시 가져와 깨뜨려 보려고 했다. 하지만 알은 깨지지 않았다. 왕은 하는 수 없이 유화에게 알을 돌려주었다.

그날부터 유화는 알을 부드러운 천에 감싸서 따뜻한 곳에 놓아두었다.

며칠이 지난 뒤 한 사내아이가 알껍데기를 깨고 나왔다.

마침내 알이 열리고 한 사내아이를 얻었는데 낳은 지 한 달이 못 되어 말을 했다. 아기는 외모가 수려하고 몸의 골격도 튼튼해 보여 한눈에 영특함을 엿볼 수 있었다.

아이는 무럭무럭 자라 일곱 살이 되었다. 그 아이는 여느 아이들과 달리 성숙했고 스스로 활과 화살을 만들어 쏘아대곤 했는데 거의 목표물을 꿰뚫었다.

당시 동부여에서는 활 잘 쏘는 이를 가리켜 주몽이라 불렀는데, 왕을 비롯하여 모든 사람들이 그 아이를 주몽이라 불렀다.

왕에게 아들 일곱이 있었는데 왕자들은 언제나 주몽과 함께 활쏘기와 말타기, 사냥 등을 하며 함께 어울렸다. 그들은 어느 누구도 주몽의 솜씨를 따라오지 못했다.

그러자 주몽의 재주를 시기한 큰아들이자 태자인 대

소(帶素)는 아버지 금와왕에게 이렇게 아뢰었다.

"주몽은 신의 정기를 받고 태어난 녀석입니다. 지금 없애지 않으면 반드시 후환이 있을 것입니다."

하지만 금와왕은 태자의 말을 따르지 않았다. 그 대신 말을 기르는 일을 시켜 시험했다.

주몽은 우선 훗날의 일에 대비하여 품종이 좋은 말과 그렇지 못한 말을 구별해 두었다. 그런 다음 튼튼한 말을 골라 일부러 먹이를 적게 주어 여위게 하고 종자가 약한 말은 오히려 먹이를 많이 주어 살이 찌도록 했다. 왕은 겉보기에 살찐 말들만 골라 타고, 여윈 말은 주몽에게 주었다.

그 무렵 태자 대소는 동생들과 여러 신하들을 꾀어 주몽을 해칠 음모를 꾸미고 있었다. 주몽의 어머니 유화 부인은 그 낌새를 알아채고 몰래 주몽을 불러 말했다.

"지금 왕자들을 비롯하여 왕궁의 여러 사람들이 너를 해치려 하고 있다. 너는 영특하고 총기가 있으니 어디로 가든 큰 뜻을 펼칠 수 있을 게다. 그러니 어서 이곳을 떠나거라."

그때 주몽에게는 오이(烏伊)를 비롯해 세 사람의 충실한 부하들이 있었는데, 그들을 거느리고 북부여 땅을 탈출해 나왔다. 물론 일부러 여위게 만들었던 말을 다시 잘 먹여 준마로 만든 다음 그 말을 타고 궁을 빠져나왔다.

자신들의 계획이 탄로 난 것을 알아챈 대소 태자 일행

은 주몽의 뒤를 쫓기 시작했다. 주몽 일행은 이미 멀리 달아났지만, 엄수라는 곳에 다다르자 시퍼런 강이 앞을 가로막아 난감했다. 타고 갈 만한 배도 눈에 띄지 않았다. 그곳에서 전전긍긍하며 시간을 보내고 있을 때 대소 태자 일행은 점점 거리를 좁혀 와 마침내 주몽의 시야에 들어오게 되었다. 다급해진 주몽은 강물을 향해 큰 소리로 외쳤다.

"나는 천제의 아들이자 물의 신 하백의 외손자다. 지금 화를 피해 도주하고 있는 중인데, 나를 뒤쫓는 자들이 바로 코앞까지 쫓아왔으니 어찌하면 좋겠는가?"

주몽의 말이 채 끝나기도 전에 큰 물결이 일더니 강물 위로 수많은 물고기 떼와 자라들이 떠올라 다리를 만들어 주었다.

주몽 일행은 그들이 만들어 준 다리를 밟고 강을 건넜다. 맞은편 강 언덕에 닿자 물고기 떼와 자라들은 일시에 강물 속으로 사라졌다. 그 바람에 뒤쫓던 태자 일행은 강을 건너지 못했다. 뒤늦게 강 건너로 화살을 날려 보았으나 닿을 수 없는 거리였다.

　주몽은 졸본주(卒本州)에 이르자 그곳을 도읍지로 삼아 정착했다. 기후가 따뜻하고 땅이 기름진 곳이었다. 주몽은 큰 제단을 만들고 하늘에 제를 올린 뒤 나라를 세웠다. 국호는 처음에 졸본부여라고 했으나, 뒤에 고구려로 바꿨다. 기원전 37년, 주몽이 열두 살 때(삼국사기에는 22세 때라고 적혀 있다)의 일이다.

　또한 주몽은 해모수의 아들로 원래는 해(解)씨 성을 갖고 있었으나, 고구려를 세우면서 천제의 아들로서 햇빛을 받고 태어났다 하여 고(高)씨로 성을 바꿨다. 그가 바로 고구려의 시조가 된 동명성왕이었다.

도미설화

작자 미상

도미설화

작품 정리

《도미 설화》는 삼국사기에 기록된 열녀 설화로 여자가 남편을 위하여 정절을 지킨 내용이다. 열녀 설화는 효행 설화와 함께 유교적인 덕목을 실행한 것을 기리고 권장하기 위해 일찍부터 문헌에 기록되었다. 이 설화의 특징은 설화의 등장인물인 도미 부부와 개루왕의 성격이 당시의 사회적 분위기를 반영하고 있고 서민이 권력의 침해를 받는 모습이 구체적으로 그려져 있다.

　도미는 백제 사람으로 비록 미천하지만 인간의 도리를 알고 그의 아내는 용모가 아름답고 절개가 있어 사람들의 칭찬이 끊이지 않았다. 개루왕이 이 말을 듣고 도미 아내의 미덕을 시험하고자 한다. 도미는 왕의 횡포에 맞서 아내에 대한 인간적 신뢰를 보여 주며, 아내 또한 시험에 들었지만 지혜로 어려운 처지를 벗어난다. 그러나 아내의 행동이 오히려 왕의 분노를 사고, 왕은 자신의 부도덕함을 반성하기는커녕 자신을 속였다는 사실에 분개하여 도미의 눈을 뽑고 도미의 아내를 궁으로 불러들인다. 하지만 도미의 아내는 또다시 슬기롭게 빠져나와 남편과 함께 고구려로 가서 일생을 마친다.

핵심정리

갈래: 설화

구성: 열녀 설화

제재: 도미 부부의 절개

주제: 부부의 아름다운 사랑과 정절

출전: 삼국사기

도미설화

도미는 백제(百濟) 사람이다. 그는 비록 미천한 백성이었지만 인간의 도리는 알았다. 그 아내는 용모가 아름답고 절개가 있어 사람들의 칭찬이 끊이지 않았다. 개루왕(蓋婁王, 백제의 제 4대 왕)이 이를 전해 듣고 도미를 불러 말했다.

"무릇 부인의 덕이 정결하다 하나 으슥한 곳에서 잘 꾀기만 하면 마음이 변할 사람이 많다."

도미가 대답했다.

"사람의 마음은 헤아릴 수 없으나 신의 아내는 죽을망정 딴 뜻은 지니지 않을 것입니다."

왕이 시험하고자 사건을 만들어 도미를 머물게 하고 가까운 신하에게 왕의 의복을 입히고 말을 태워 도미의 집에 보냈다. 그 집 사람에게 왕이 왔다고 하고, 아내에게 일렀다.

　"네가 예쁘다는 말을 듣고 좋아한 지 오래다. 도미와 내기를 해서 이겼으므로 너를 얻게 되었다. 이후부터 너의 몸은 내 것이다. 내일은 너를 들여 궁인으로 삼겠노라."

　그러자 도미 부인이 말했다.

　"왕께서 거짓말을 하실 리 없으므로 왕의 말씀에 따르겠습니다. 대왕께서는 먼저 방으로 드시옵소서. 옷을 갈아입고 뒤따라 들어가겠습니다."

　그런 뒤 한 비자(婢子, 계집종)를 단장시켜 왕이 있는 방으로 들여보냈다. 마침내 왕은 속은 줄 알고 크게 노하여 도미의 두 눈을 빼낸 뒤 배에 태워 강에 띄웠다. 그러고는 도미 부인을 궁으로 잡아들였다. 왕이 붙들고 놀려 하자 도미 부인이 말했다.

　"내 이제 남편을 잃었으니 홀몸으로 누구를 의지하리

까. 더구나 대왕의 뜻을 어찌 어기겠습니다. 몸이 더러
우니 목욕을 하고 오겠습니다."

왕은 도미 부인의 말을 믿었다. 도미 부인은 밤을 틈타
도망쳐 나왔지만 앞에는 강물이 흐르고 뒤에서는 군사
들이 쫓아오고 있었다. 도미 부인이 하늘을 우러러보며
통곡하자 조각배가 물결을 타고 떠내려 왔다. 그녀는 배
를 잡아타고 천성도(泉聲島)에 가서 풀뿌리로 연명하고
있는 남편을 만났다. 그들은 함께 배를 타고 고구려로 가
서 일생을 마쳤다.

화왕계

설총

화왕계

작품 정리

　이 설화는 설총이 신문왕의 무료함을 달래기 위해 지은 교훈 담이다. 이야기에 감화를 받은 신문왕은 바른 도리로 정치를 해야 함을 주장하고, 부귀에 안주(安住)하고 요망한 무리들을 가까이하지 말 것을 후세의 임금들에게 당부한다. 설총은 자신의 생각을 직접 말하지 않고 할미꽃 백두옹을 통해 자신의 뜻을 전하고 있다. 이처럼 다른 대사에 빗대어 말하는 것을 우언(寓言)이라고 한다. 꽃을 의인화하여 인간 세계를 빗대어 놓은 이 작품은 우리나라 꽃의 역사를 알 수 있는 소중한 자료일 뿐 아니라, 문학적 표현 방식의 새로운 영역을 보여 줌으로써 고려 중기에 나타나는 가전체 문학의 발전에 기여했고, 또한 조선 중기의 《화사(花史)》에 영향을 주었다.

꽃나라를 다스리는 화왕 모란은 자기를 찾아오는 많은 꽃 중에서 아첨하는 장미를 사랑했다가 후에 할미꽃 백두옹의 충직한 모습에 갈등을 일으키고 결국 간곡한 충언에 감동하여 정직한 도리(道理)를 숭상하게 된다.

설총 (薛聰)

신라 경덕왕 때 학자이며, 자는 총지(聰智)이다. 원효(元曉)가 아버지이고, 요석 공주가 어머니이다. 신라십현의 한 사람이며, 출생 시기는 태종 무열왕 654~660년 사이로 추정된다. 강수·최치원과 함께 신라삼문장으로 꼽혔다. 설총은 향찰을 집대성하였는데, 육경을 읽고 새기는 방법을 발명하여 한문을 국어화하고 유학 등 한학의 연구를 발전시키는 데 공이 컸다. 고려 현종 때 홍유후의 시호를 추증받았다. 최치원과 함께 종향되었고, 경주 서악서원에 배향되었다.

핵심정리

갈래: 설화

구성: 창작 설화

제재: 백두옹의 간언

주제: 임금의 마음가짐에 대한 경계

출전: 삼국사기

🌸 화왕계

화왕(花王, 모란을 이름)이 처음 이 세상에 나와 향기로운 동산에 자리 잡았다. 화왕은 푸른 휘장으로 둘러싸여 있었는데, 삼춘가절(三春佳節, 봄철 석 달의 좋은 시절)을 맞아 빼어나게 예쁜 꽃을 피우니 어느 꽃보다 아름다웠다. 멀고 가까운 곳에서 온갖 꽃들이 다투어 모여들었다.

문득 한 가인이 화왕 앞으로 나왔다. 붉은 얼굴에 옥 같은 이를 가진 가인은 탐스러운 감색 나들이옷을 입고 무희처럼 얌전하게 걸어와 화왕에게 아뢰었다.

"저는 백설의 모래사장을 밟고 거울같이 맑은 바다를 바라보며 자랐습니다. 봄비가 내릴 때는 비로 목욕하여

몸의 먼지를 씻었고, 상쾌하고 맑은 바람이 불 때는 그
속에서 조용하고 편안하게 지냈습니다. 제 이름은 장미
라 합니다. 임금님의 높은 덕을 익히 듣고, 꽃다운 침소
에 그윽한 향기를 더하고자 찾아왔습니다. 부디 청하옵
건대 이 몸을 받아 주십시오.”

　이때 장부 하나가 베옷을 입고, 허리에는 가죽 띠를 두

르고, 손에는 지팡이를 짚은 채 둔중한 걸음으로 임금 앞으로 나와 공손히 허리를 굽히며 말했다.

"저는 서울 밖 한길 옆에 사는 백두옹(白頭翁)이라 합니다. 아래로는 넓고 아득한 들판을 내려다보고, 위로는 우뚝 솟은 산 경치를 바라보고 있습니다. 가만히 살펴보옵건대, 어떤 신하는 기름진 고기와 맛있는 음식은 물론 향기로운 차와 술로 수라상을 받들어 임금님의 식성을 흡족케 하고, 정신을 맑게 해 드리고 있사옵니다. 또 어떤 신하는 고리짝에 보관해 둔 한약으로 임금님의 기운을 돕고, 금석(金石)의 극약으로써 임금님의 몸에 있는 독을 제거해 줄 것입니다. 옛말에 '군자는 비록 사마(絲麻, 명주실과 삼실. 최선위 것을 의미)가 있어도 관괴(풀 이름으로 관은 도롱이와 삿갓을, 괴는 돗자리를 짜는 원료. 차선의 것을 의미함)를 버리지 않고 부족할 때를 대비한다.'고 했습니다. 임금님께서도 이러한 뜻을 알고 계신지 모르겠습니다."

한 신하가 왕께 아뢰었다.

"장미와 백두홍이 왔는데 임금님께서는 누구를 취하

고 누구를 버리시겠습니까?

화왕이 이렇게 대답했다.

"장부의 말도 일리가 있으나 가인을 얻기 어려우니 이를 어찌할꼬?

그러자 장부가 앞으로 나와 말했다.

"제가 이렇게 찾아온 것은 총명하신 임금님께서 사리 판단을 잘한다고 들었기 때문입니다. 그러나 지금 보니 그렇지 않은 것 같습니다. 무릇 임금 중에는 간사하고 아첨하는 자를 멀리하고 정직한 자를 가까이하는 이가 드뭅니다. 그래서 맹자는 불우한 가운데 일생을 마쳤고, 풍당은 낭관으로 지내며 머리가 백발이 되었습니다. 예부터 이러하오니 저인들 다르겠습니까?"

잘못을 깨달은 화왕은 마침내 다음의 말을 되풀이했다.

"내가 잘못했도다. 잘못했도다."

바리데기 설화

작자 미상

바리데기 설화

작품 정리

이 작품은 사람이 죽은 후 49일 안에 지내는 '지노귀굿'에서 부르는 구비 서사 무가인 '바리데기'의 일부다. '바리데기'라는 말은 '버려진 아이'라는 뜻이다. 이 노래의 내용은 이승에서 버림을 받은 주인공 '바리데기'가 이승과 저승 사이의 세계에서 시련을 겪고, 다시 이승으로 돌아와 부모를 살려서 죽은 영혼을 천도하는 무당이 된다는 내용이다.

주인공인 '바리데기'가 서천(西天)의 약물을 구해 부모를 살리는데, 이 과정은 영원히 살고자 하는 인간의 기원을 나타내고 있다.

이 무가에서 주인공 바리데기가 집에서 버림받았다가 훗날 큰 공적을 세우고 신(神)이 되기까지의 전체적인 과정은 '영웅의 일대기' 구조를 따르고 있어 멀리 고대 건국 신화와도 맥이 닿는 것으로 추정된다.

옛날 옛적 인간 땅 삼나라에 오구대왕과 길대 부인이 살고 있었다. 부부는 딸만 여섯 명을 낳았다. 그러던 차에 신령님께 치성(致誠)을 드려 아이를 잉태하지만, 낳고 보니 또 딸이었다. 대왕은 실망하여 아이를 내다 버리라고 명한다. 길대 부인은 울며 이름이라도 지어줄 것을 청하고, '바리데기'라는 이름을 얻은 아기를 옥함에 넣어 강물에 띄워 보낸다.

어느덧 세월이 흘러 오구대왕은 몹쓸 병에 걸렸는데 아무리 좋은 약을 써도 효과를 보지 못했다. 길대 부인은 생각 끝에 바리데기를 찾아 나선다. 마침내 바리데기가 우여곡절을 다 겪으며 서천서역국의 약수와 신비한 꽃을 얻어 삼나라로 돌아온다. 그러나 아버지인 오구대왕과 길대 부인은 이미 죽어 장례식을 치르고 있었다. 바리데기가 부모의 상여에 신비한 꽃을 올려놓았더니 오구대왕과 길대 부인이 살아났고 아버지의 입에 약수를 흘려 넣었더니 병도 씻은 듯이 나았다.

핵심정리

갈래: 설화

구성: 서사무가

제재: 바리공주의 삶

주제: 부모를 위하는 효심

출전: 구비문학대계

바리데기 설화

옛날 옛적 인간 땅 삼나라에 오구대왕이라는 임금이 살았는데, 나이가 찼는데도 장가를 가지 않고 혼자 살았다. 신하들과 백성의 성원에 못 이겨 결혼하기로 마음먹은 왕은 나라 안의 여러 처녀 중에서 왕비감을 고르는데, 길대라는 처녀가 슬기롭고 아름다워서 오구대왕 마음에 쏙 들었다.

왕비를 길대로 정하고 날을 받아 혼례를 준비하는데, 이때 하늘 나라 천하궁에 사는 가리박사라고 하는 점쟁이가 삼나라에 왔다.

가리박사가 대왕궁에 와서 혼례를 준비하는 것을 보고 말했다.

"대왕님, 대왕님, 지금 길대 아가씨와 혼례를 올리시면 딸 일곱을 낳으실 것이요, 기다렸다가 내년에 혼례를 올리시면 아들 일곱을 낳으실 것입니다."

오구대왕이 그 말을 듣고 그냥 웃어넘겼다.

"딸 일곱이 아니라 일흔일곱을 낳는다 해도 내년까지 못 기다리겠다. 어서 혼례를 준비하여라."

그래서 칠월칠석으로 날을 받아 혼례식을 올렸다.

오구대왕과 길대 부인은 부부가 되어 금실이 좋았고, 그해 겨울이 가고 봄이 되어 길대 부인의 배가 불러 오더니 달이 차서 첫아이를 낳았는데, 낳고 보니 딸이었다.

"첫딸은 복덩이 딸이니라. 본이름은 청대 공주요, 별명은 해님데기라 하여라."

오구대왕은 기뻐하면서 아기 이름을 지어 주고, 앞산에 별궁을 짓고 유모와 궁녀를 딸려 보내 잘 키웠다. 이듬해 또 아이를 낳았는데 이번에도 딸이었다.

"둘째 딸은 살림 불릴 딸이니라. 본이름은 홍대 공주요, 별명은 달님데기라 하여라."

오구대왕은 기뻐하면서 아기 이름을 지어 주고, 뒷산

에 별궁을 짓고 유모와 궁녀를 딸려 보내 잘 키웠다. 그
이듬해 또 아이를 낳았는데 이번에도 딸이었다.

　"셋째 딸은 노리개 딸이니라. 본이름은 녹대 공주요,
별명은 별님데기라 하여라."

　오구대왕은 기뻐하면서 아기 이름을 지어 주고, 동산
에 별궁을 짓고 유모와 궁녀를 딸려 보내 잘 키웠다. 그

이듬해에도 딸을 낳았다.

"넷째 딸은 재롱둥이 딸이니라. 본이름은 황대 공주요, 별명은 물님데기라 하여라."

오구대왕은 기뻐하면서 아기 이름을 지어주고, 서산에 별궁을 짓고 유모와 궁녀를 딸려 보내 잘 키웠다. 그 이듬해 또 아이를 낳았는데 그 역시 딸이었다.

"다섯 째 딸은 덤으로 얻은 셈치자꾸나. 본이름은 흑대 공주요, 별명은 불님데기라 하여라."

오구대왕이 조금 섭섭해하면서 아기 이름을 지어 주고, 남산에 별궁을 짓고 유모와 궁녀를 딸려 보내 잘 키웠다. 그 이듬해 또 아이를 낳았는데 그 역시 딸이었다.

"어허, 이것 낭패로다. 아기라고 하는 것은 아들 낳으면 딸도 낳고 딸 낳으면 아들도 낳는 줄 알았더니, 우리는 전생에 무슨 죄를 지었기에 딸만 내리 여섯을 낳는단 말인가. 여섯 째 딸은 과연 섭섭이 딸이로구나. 본이름은 백대 공주요, 별명은 흙님데기라 하여라."

오구대왕이 몹시 섭섭해하면서 아기 이름을 지어 주고, 북산에 별궁을 짓고 유모와 궁녀를 딸려 보내 잘 키웠다.

그 이듬해가 되자마자 오구대왕이 올해에는 꼭 아들을 보리라 하고 길대 부인과 더불어 동개남상주절, 서개남금수절, 영험이 있다는 삼신당을 찾아다니며 공을 들였다. 금돈 삼백 냥과 은돈 삼백 냥에 이슬 맞힌 쌀 석 섬 서 말을 바치고 밤낮으로 공을 들였더니 하루는 길대 부인이 잠깐 조는 사이에 꿈을 꿨다.

하늘에서 청룡·황룡이 날아와 품에 안기고 양 무릎에 흰 거북과 검은 거북이 앉고 양어깨에 해와 달이 돋아나는 꿈을 꿨다. 길대 부인이 오구대왕에게 그 말을 했더니 대왕도 똑같은 꿈을 꿨다는 것이다.

그러고는 얼마 안 되어 길대 부인은 또 아이를 낳았다. 그러나 그 역시 딸이었다.

"에잇, 이제 딸이라는 말은 듣기도 싫고 딸아이 얼굴도 보기 싫다. 당장 갖다 버려라."

오구대왕이 화를 내며 벼락같이 호령하는데 누구 명

이라고 거역할까. 할 수 없이 아기를 마구간에 갖다 버리자 말이 쫓아 나오고, 외양간에 버리니 소가 쫓아 나왔다.

오구대왕이 버럭 화를 내며 말했다.

"버릴 것이 아니라 멀리 가서 아주 돌아오지 못하도록 옥함에 깊이 넣어 강물에 띄워 보내라."

신하들은 할 수 없이 옥함에 아기를 넣었다. 원래 아들을 낳으면 덮어 주고 입혀 주려고, 비단 공단 포대기와 바지저고리를 만들어 두었던 그 옥함에다 아기를 넣었다. 이때 길대 부인이 울면서 오구대왕에게 간청했다.

"대왕님, 버릴 때 버리더라도 아기의 이름이나 지어 주세요."

"버릴 아이의 이름은 지어서 무엇 하리오. 이름은 그만두고 별명만 지어 주되 바리데기라 하시오."

바리데기를 실은 옥함은 물결을 타고 떠내려갔다. 몇 날 며칠을 떠내려가다가 어느 마을에 닿았는데, 때마침 마을 사람들이 고기를 잡으러 강에 나왔다가 옥함을 발견하고 건져서 마을로 가지고 갔다. 마을 사람들이 모두

모인 가운데 옥함을 열려고 했으나 자물쇠를 열 수가 없었다.

이때 어느 거지 할머니와 할아버지가 그 마을을 지나가다가 이 광경을 지켜보았다. 두 사람이 옥함에 가까이 오자 자물쇠가 열렸다. 마을 사람들은 그 거지 노부부에게 집을 지어 주고 옥함 속에 있는 아이를 기르게 했다.

어느덧 세월이 흘러 아버지 오구대왕이 몹쓸 병에 걸려서 앓아눕게 되었다. 아무리 좋은 약을 다 써 보아도 효과가 없었다. 그러던 중 천하궁 가리박사가 와서 점괘를 보고 이렇게 말했다.

"대왕님, 대왕님 병에는 약이 소용없습니다. 그러나 단한 가지 약만은 효험이 있습니다. 그것은 서천서역국 동대산에서 솟아나는 약물입니다."

길대 부인이 생각 끝에 자신의 딸들에게 그 약을 구하러 갈 수 있냐고 물었지만 다들 거부했다. 길대 부인은 문득 낳자마자 버린 바리데기가 생각났다. 길대 부인은 행장을 꾸려 바리데기를 찾아 나섰다. 많은 시간이 걸린 끝에 길대 부인은 바리데기를 찾았다. 바리데기는 어머니를 얼싸안고 울었다. 길대 부인은 아버지 오구대왕이 몹쓸병에 걸렸다는 사실을 이야기하고 바리데기에게 자신을 버렸던 아버지를 위해 약물을 구해 줄 것을 간곡히 부탁했다. 바리데기는 어머니의 청을 흔쾌히 허락했다.

"어머니 걱정 마세요. 제가 꼭 구해 올게요."

마침내 바리데기는 고생 끝에 약물을 찾았고, 죽은 사람의 살에 문지르면 살이 돋아나는 살살이꽃, 죽은 사람의 피가 살아나는 피살이꽃, 죽은 사람의 숨이 살아나는 숨살이꽃을 한 송이씩 들고 오구대왕의 나라도 돌아왔다. 하지만 그는 이미 죽었고 그에 충격을 받은 길대 부인도 한날한시에 죽었다. 바리데기는 앞에 가는 아버지와 어머니의 상여를 세워 자신이 따 온 꽃들을 올려놓았다. 그러자 오구대왕과 길대 부인은 살아났고 바리데기가 가져온 약물을 오구대왕에게 먹이자 병도 씻은 듯 나았다.

이렇게 해서 오구대왕의 병을 고친 바리데기는 어머니와 아버지를 모시고 잘 살았다고 한다.

경문대왕 설화

작자 미상

경문대왕 설화

작품 정리

《삼국유사》에는 '세 가지 좋은 일로 임금이 된 응렴', '뱀과 함께 자는 임금' 이야기와 함께 '당나귀 귀를 가진 임금' 이야기가 기록되어 있는데 이 임금이 바로 경문대왕이다. 이 이야기는 신라 제48대 왕인 경문대왕과 관련된 이야기를 모아 놓은 것으로 경문왕의 인물됨을 설화적으로 표현하고 있다. 경문대왕이 어진 성품과 지혜를 지니고 있음을 의미한다.

작품 줄거리

　　경문왕은 신라 제48대 왕으로 헌안왕에 이어 즉위했다. 18세에 화랑이 된 응렴은 스무 살이 되자 헌안왕이 불러 연회를 베풀었다. 이로 인해 응렴은 더욱 큰 출세의 기회가 열리게 되는데, 아들이 없는 헌안왕은 응렴에게 두 딸 중 하나를 고르라고 한다.

　　못생긴 장공주(長公主)와 절세미인인 둘째 공주 사이에 고민하던 그는 범교사라는 승려의 충고를 받아들여, 못생긴 첫째 공주를 택해 장가를 들었다. 왕이 죽자 후사를 논의하는 과정에서 맏사위인 응렴에게 왕위가 돌아갔고 즉위 후에 둘째 공주를 부인으로 맞아들였다.

핵심정리

갈래: 설화

구성: 역사 설화

제재: 경문대왕의 일화

주제: 신라 말기의 혼란한 사회상을 고발

출전: 삼국유사

경문대왕 설화

경문대왕(景門大王)의 이름은 응렴(膺廉)이다.

그는 18세에 국선(國仙, 화랑)이 되었다. 스무 살이 되자 헌안대왕이 그를 불러 궁중에서 연회를 베풀고, 그 자리에서 물었다.

"그대는 화랑이 되어 사방을 두루 다녔는데 어떤 특이한 일을 본 적이 있는가?"

응렴랑이 대답했다.

"신은 그동안 아름다운 일을 행하는 세 사람을 보았습니다."

"그 사람들의 이야기를 들려주게."

"예, 첫 번째 사람은 남의 윗자리에 있을 만한 사람이면서도 겸손하여 남의 밑에 있는 자였습니다. 두 번째 사람은 권력이 있고 부자이면서도 옷차림이 검소한 사람이었습니다. 세 번째 사람은 본래부터 귀하고 권력도 있지만 그 위력을 자랑하지 않는 사람이었습니다."

왕은 응렴랑의 말을 듣고 그의 됨됨이가 매우 어질고 현명함을 깨달았다. 왕이 그에게 이렇게 말했다.

"내게 두 딸이 있는데 그대의 아내로 삼았으면 하네."

응렴랑은 황송하여 일어나 왕에게 절을 올린 후 머리를 조아리며 물러갔다.

응렴랑은 집으로 돌아와 이 사실을 부모에게 말했다. 그러자 부모는 너무 놀라면서 기뻐했다.

"네가 성은을 입게 되었으니 얼마나 경사스런 일이냐? 그런데 큰 공주는 용모가 초라하니 이왕이면 아름다운 둘째 공주를 아내로 맞이하는 것이 어떻겠느냐?"

부모는 용모가 예쁜 둘째 공주를 며느리로 삼기를 원했다.

며칠 후, 낭도 무리들 중에 우두머리인 범교사(範敎師)

가 이 소식을 듣고 응렴랑의 집으로 찾아와 물었다.

"대왕께서 공에게 공주를 아내로 삼으라고 하셨다는데 그것이 사실입니까?"

"예, 사실입니다."

"그럼 공은 어느 공주를 맞을 생각인지요?"

"제 양친께서는 미모가 뛰어난 둘째 공주를 맞으시고자 합니다."

범교사가 고개를 흔들며 말했다.

"만약 둘째 공주를 맞이한다면 나는 낭이 보는 앞에서 죽고 말겠습니다. 그러나 큰 공주를 맞이한다면 반드시 세 가지의 좋은 일이 생길 것이니 신중하게 처신하십시오."

"세 가지 좋은 일이 무엇인지요?"

"그것은 뒷날 저절로 밝혀질 것입니다."

응렴랑은 범교사가 권한 대로 첫째 공주를 아내로 맞이했다.

그 후 3개월이 지나자 왕의 병이 깊어져 위독한 지경에 이르렀다.

왕은 자신의 병이 회복되기 어렵다고 판단하여 급히 여러 신하들을 불러 놓고 말했다.

"알다시피 내게는 아들이 없소. 그러므로 내가 죽으면 모든 일은 마땅히 맏딸의 남편인 응렴이 이어받아야 할 것이오."

그 말을 남긴 이튿날, 왕은 눈을 감았다. 신하들은 왕의 유언을 받들어 응렴랑을 왕으로 추대했다.

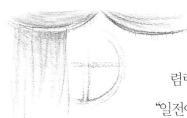

그 후 어느 날, 범교사가 왕이 된 응렴랑에게 찾아와 말했다.

"일전에 제가 말씀드린 세 가지 좋은 일이 이제야 다 이루어졌습니다."

"오, 그렇소? 그 세 가지를 이제 말해 보시오."

"그 첫 번째는 큰 공주를 맞이하셔서 왕위에 오르신 일이고, 두 번째는 예전에 흠모하시던 둘째 공주를 이제는 쉽게 취하실 수 있으며, 세 번째는 큰 공주를 맞이하신 것을 선왕의 왕비께서 무척 기뻐하고 계시다는 사실입니다."

"듣고 보니 그대의 말이 모두 옳구려."

왕은 범교사의 말을 고맙게 여겨 대덕(大德)이라는 직위를 내리고, 금 1백30냥을 하사했다.

왕이 세상을 떠나자 시호를 경문(景門)이라고 했다.

달팽이각시 설화

작자 미상

달팽이각시 설화

《달팽이 각시》 설화는 일명 《나중미부》 설화라고도 한다. 이 이야기는 전국적으로 널리 전승되는 이야기로 우리나라의 대표적인 민담 가운데 하나다. 이 작품에는 '사람으로 변한 동물', '평범한 남자와 고귀한 여자의 결합', '지배자에 의한 서민 침탈', '서민의 신분 상승' 등의 소재들이 서로 얽혀 있다. 이 설화는 예쁜 아내를 만나 행복하게 살고자 하는 평범한 사람들의 꿈을 드러내며, 그러한 소박한 꿈을 깨뜨리려 하는 험한 세상을 확인하고, '그럼에도 행복한 삶을 성취할 수 있다는 기대'를 나타내고 있다.

'달팽이 각시'는 우연히 만난 달팽이 각시와 농부의 행복한 삶을 해하려는 임금의 흉계를 서민의 지혜로 이겨 내는 이야기다. 지배 계층과 피지배 계층의 대결을 통해 소박한 꿈을 실현하고 픈 서민들의 소망이 담겨 있다.

핵심정리

갈래: 설화

구성: 나중미부 설화

제재: 달팽이 각시와 농부의 행복한 삶

주제: 권력에 의한 아내의 침탈로 닥친 위기

출전: 구비문학대계

달팽이각시 설화

어느 동네에 한 총각이 살고 있었다. 그는 일찍이 부모님을 여의고 형제도 없었다. 혼자 사는 가난뱅이 총각은 늦도록 장가갈 생각을 못했다.

어느 날 논으로 물을 보러 간 그
가 삽으로 논 수멍을 콱 찍으면서
말했다.

"이 농사를 져다 누구하고 먹나?"

그러자 어디에서인가 예쁜 처자의 목소리가 들려왔다.

"나하고 먹지 누구하고 먹어."

총각은 누가 대답을 하나 하고 주위를 둘러보았지만 사람의 그림자라곤 보이지 않았다. 총각은 다시 한 번 수멍을 찍으면서 말했다.

"이 농사를 져서 누구하고 먹나?"

그러자 예쁜 처녀 목소리가 또 들려왔다.

"나하고 먹지 누구하고 먹어."

총각은 너무 이상해서 소리가 나는 곳으로 가 보았다.

거기에는 아무것도 없고 주먹만 한 달팽이 한 마리가 있었다. 그때 달팽이가 총각에게 애원했다.

"저를 집으로 데려가 주세요. 제발!

총각은 달팽이가 바라던 대로 달팽이를 안고 집으로 데려와 물두멍에다 놓았다. 다음 날 새벽 총각이 밥을 지으려고 부엌에 들어갔더니 밥상이 차려져 있었다. 점심은 물론 다음 날에도 그 다음 날에도 밥상이 차려져 있었다. 그는 하도 궁금해 어느 날 몰래 숨어서 지켜보았다. 그러자 색시가 나오더니 밥을 해서 상을 차려 들어가려고 하는 것이었다. 밥상을 다 차린 뒤 색시는 달팽이집이 담긴 물두멍 속으로 들어갔다. 총각은 여인을 와락 껴안았다. 여인은 깜짝 놀라며 총각에게 애원했다.

"서방님 조금만 기다려 주세요."

하지만 총각은 더욱 힘껏 여인을 껴안았다.

"서방님이 놓아주지 않는다면 저는 서방님의 아내가 될 수밖에 없습니다. 언젠가 서방님을 떠나야 합니다."

총각은 예쁜 여인이 아내가 되어 준다는 말에 너무 기쁜 나머지 달팽이 색시가 언젠가는 떠나야 한다는 말이 귀에 들어오지 않았다. 마침내 달팽이 색시는 총각의 아내가 되었다.

그는 색시가 얼마나 예
쁜지 나무를 하러 갈 때면
곁에 두고 나무를 했다. 하

루는 달팽이 색시가 화상(畵像)을 그려 주었다. 그것을
나무에 걸고서는 나무를 깎고 있는데 난데없이 회오리
바람이 불면서, 아내가 그려준 화상을 걷어갔다.

그것이 어느 나라에 던져졌는지, 그 나라 임금이 화상
을 주워 신하에게 명했다.

"이 사람을 어서 찾아오너라."

그래서 사방에 방을 붙이고 백방으로 알아 봤지만 찾
을 수 없었다. 몇 날 며칠을 그 화상을 가지고 다니며 찾
는데, 우연히 조그마한 외딴집 하나를 발견했다. 그런데
그 집의 새댁과 그 화상이 똑같았다. 달팽이 각시를 찾
은 신하들은 그녀를 임금에게 데리고 갔다. 그러나 임금
은 달팽이 각시를 데리고 온 그날부터 웃는 모습을 보지
못했다. 보다 못한 임금이 그녀에게 말했다.

"당신은 사람도 내 사람이요, 만물이 다 내 것인데 무

엇이 부족해서 도통 웃는 것을 못 보겠느냐."

"거지 잔치를 너덧 달 해 주면 그렇게 하겠습니다."

"좋소. 너덧 달이야 못 해 주겠습니까."

"일 년이라도 해 줄 수 있소."

마침내 거지 잔치가 벌어졌다. 그런데 한 날 거지가 지나가도 그 남자는 보이지 않았다. 같은 날 잔치 맨 마지막에, 한 남자가 쥐털 벙거지에 새털 날개를 입고 들어왔다. 그러자 여자가 박장대소(拍掌大笑) 하였다.

임금이 앉았다가 여자가 웃는 모습을 보고 말했다.

"저렇게 웃으니 내가 저걸 쓰고 한 번 더 할 것이다."

"그걸 벗어 놓아라."

남자가 그걸 입고서는 깡통을 차고, 춤을 추고 돌아다니자 여자가 한참 웃더니 갑자기 소리쳤다.

"저놈을 잡아내라."

결국 임금은 내쫓기고 그 남자가 용상에 올라앉아 임금님이 되었다.

박혁거세 신화

작자 미상

박혁거세 신화

　이 신화는 다른 건국 신화와 마찬가지로 '천신의 강림에 의한 건국' 이 기본 줄거리다. 천제가 직접 등장하지는 않지만 빛과 같은 신비롭고 상서로운 기운이 땅으로 드리워져 있었다든지, 흰 말이 길게 울고는 하늘로 올라갔다든지 하는 것 등으로 보아 혁거세가 하늘에서 왔음을 시사하고 있다. 여기에 등장하는 말은 천마로서 천신족의 권위의 상징이며, 위대한 인물의 탄생을 알리는 역할을 하고 있다. 이 신화는 고구려나 부여의 신화처럼 시련이나 투쟁의 과정 없이 씨족 사회가 연합하여 하나의 왕국으로 합쳐지는 과정을 반영하고 있다는 점이 건국 신화와 다르다.

진한 땅 여섯 마을의 우두머리들이 왕을 모시기 위해 높은 곳에 올라갔는데, 남쪽을 보니 나정(蘿井)이라는 우물가에 흰말이 엎드려 있었다. 가까이 가자 말은 자줏빛 알 하나를 두고 하늘로 올라가 버렸다. 알을 깨 보니 단정하고 잘생긴 남자 아이가 나왔다. 동천에 목욕을 시켰더니 몸에서 빛이 나고, 천지가 진동하고 해와 달이 빛났다. 이로 인해 세상을 밝힌다는 뜻에서 '혁거세왕'이라고 하였고, 박처럼 생긴 알에서 나와서 성을 박씨라 했다. 사람들이 모두 왕으로 받들며 왕후를 구하려고 했는데, 며칠 후 '알영(閼英)'이라는 우물가에 계룡(鷄龍)이 나타나 왼쪽 겨드랑이에서 여자 아이를 낳는다. 아이는 아름다웠으나 입술이 닭의 부리 같았다. 월성의 북천에서 목욕을 시켰더니 부리가 떨어졌다. 그래서 난 우물의 이름을 따서 '알영'이라 하고 남산 기슭에 세운 궁에서 혁거세와 함께 지내다가 열일곱 살 때 혼인해 왕후가 된다. 혁거세는 61년 동안 나라를 다스리다 죽었는데 그 주검이 오체로 분리되어 땅에 떨어지더니 왕후도 따라 죽는다. 분리된 오체를 한데 묻으려 했으나 큰 뱀이 나타나 방해하여 오체를 다섯 능에 묻고 '사릉(蛇陵)'이라고 하였다.

핵심정리

갈래: 신화

구성: 건국신화

제재: 천부지모 사상

주제: 혁거세와 알영의 탄생

출전: 삼국유사

🌸 박혁거세 신화

옛날 한반도의 중부 이남
지역에 삼한(三韓)이
자리 잡고 있을 때의
이야기다.

당시 삼한은 아직 완전한 나라의 형태를 갖추고 있지
못했다. 여러 부족이 합쳐서 하나의 나라를 형성하고 있
던 때이다.

지금의 대구·경북 지방에 해당하는 진한(辰韓)에는 6
촌이 있었다. 첫째는 알천 양산촌으로 지금의 담엄사 방
면이다. 촌장은 알평이라 하여 처음 하늘에서 표암봉에
내려와 이가 급량부 이씨(李氏)의 조상이 되었다. 둘째는
돌산 고허촌으로 촌장은 소벌도리라 하여 처음 형산에

내려와 이가 사량부 정씨(鄭氏)의 조상이 되었다. 셋째는 무산 대수촌으로 촌장은 구례마라 하여 처음 이 산으로 내려와 점량부 또는 모량부 손씨(孫氏)의 조상이 되었다. 넷째는 취산의 진지촌으로 촌장은 지백호라 하여 처음 하늘에서 화산으로 내려와 이곳을 근거로 본피부 최(崔)씨의 조상이 되었다. 최치원이 바로 본피부 사람이다. 황룡사 남쪽의 미탄사 근처에 옛집 터 하나가 있는데, 여기가 최치원의 옛집이다.

다섯째는 금산에 가리촌으로 촌장은 지타였는데 그는 하늘에서 명활산으로 내려와 이곳을 근거로 한기부 배(裵)씨의 조상이 되었다.

여섯째는 명활산에 고야촌이 있었다. 이곳의 촌장은 호진이었는데, 그는 금강산에서 내려와 이곳을 근거로 습비부 설(薛)씨의 조상이 되었다.

이렇게 볼 때 여섯 부(部)의 조상들은 모두 하늘에서 내려와 이름 있는 산을 근거지로 하여 6개 성(姓)씨의 조상이 되었다.

기원전 69년 3월 1일이었다.

알평, 소벌도리, 구례마, 지백호, 지타, 호진 등 여섯 부의 촌장들은 저마다 자제들을 거느리고 알천의 언덕 위에 모여서 논의했다.

"우리에게는 아직 임금이 없어 백성들을 제대로 다스릴 수가 없소. 그러므로 덕이 있고 어진 사람을 찾아 임금으로 삼아 나라를 다스리고, 번듯한 도읍도 정해야 하지 않겠소?"

"옳소! 반드시 그렇게 해야 합니다."

촌장들은 그 자리에서 의견 일치를 보았다.

그때 하늘에서 갑자기 강한 빛이 번쩍했다. 이상하게 여긴 촌장들은 높은 곳으로 올라가 남쪽을 내려다보았다. 그랬더니 멀리 양산 밑에 있는 나정(蘿井)이라는 우물가에 흡사 번개 빛 같은 강렬한 기원이 땅에 닿아 비추고 있었다.

가만히 보니 그 우물가는 백마(白馬) 한 마리가 땅에 꿇어앉아 절을 하는 형상을 하고 있었다.

촌장들은 급히 언덕에서 내려와

그 우물가로 달려가 살펴보았다. 가까이 가서 보니 자줏
빛 알 한 개가 있었다. 그러나 알을 지키고 있던 말은 사
람이 다가오자 길게 울면서 하늘로 올라갔다.

촌장들이 알을 깨어 보니 알 속에서 사내아이 하나가

나왔다. 아이의 모습은 단정하고 아름다웠다.

놀란 촌장들은 아이를 동천(경주 동천사에 있는 우물)으로 데리고 가 목욕을 시켰다. 그러자 몸에서 광채가 나고 새와 짐승이 몰려와 춤을 추었다. 이내 천지가 진동하고 해와 달이 더욱 청명하게 빛났다.

촌장들은 아이의 이름을 혁거세(赫居世)라고 지었다. 그리고 성은 아이가 포(匏, 박을 뜻함) 같은 데서 나왔다 하여 박(朴)이라고 했다.

"이제 하늘에서 천자(天子)가 내려오셨으니 마땅히 덕이 있는 왕후를 찾아 배필을 삼아야 합니다."

촌장들은 아이를 왕으로 삼고, 왕후를 고르기로 했다.

그런 말이 있은 지 며칠이 지난 어느 날, 사량리에 있는 알영정 주변에 계룡이 나타나더니 왼쪽 옆구리로 여자아이 하나를 낳았다.

여자아이의 얼굴은 매우 고왔다. 그러나 한 가지, 아이의 입술이 닭의 부리를 닮아 보기 흉했다. 그래서 월성의 북천으로 데려가 목욕을 시켰더니 거짓말처럼 부리가 떨어지고 예쁜 입술이 생겼다. 그리하여 그 개천을 부리가 빠졌다고 하여 발천(撥
川)이라고 했다. 그리고 여
자아이의 이름은 태어난
곳의 이름을 따 알영(閼英)
이라고 지었다.

아이들은 무럭무럭 자라 혁거세의 나이가 열일곱이 되
었다. 그때가 기원전 57년이었다.

드디어 혁거세는 왕으로 추대되었고, 알영은 왕후가
되었다. 그리고 국호를 서라벌(徐羅伐, 또는 서벌)이라고
했다. 혹은 사라(斯羅), 사로(斯盧)라고도 했다.

처음에는 왕이 계정(鷄井)에서 출생했기 때문에 국호
를 계림국(鷄林國)이라고도 했는데, 그것은 계림이 상서
로움을 나타내는 말이었기 때문이었다.

한편 다른 얘기로는 탈해왕 시대에 김알지(金閼智)를
얻게 될 때, 닭이 숲 속에서 울었다고 하여 국호를 계림
(鷄林)으로 고쳤다고도 한다.

신라라는 국호를 정한 것은 후대의 일이었다.

혁거세왕은 나라를 다스린 지 61년이 되던 어느 날, 홀

연히 하늘로 올라갔다. 그런데 하늘로 올라간 뒤 7일 만에 왕의 유해가 흩어져 땅으로 떨어지더니 알영 왕후도 따라 세상을 떠났다.

서라벌 백성들이 흩어진 왕의 유해를 한자리에 모아 장사를 지내려고 했더니, 커다란 구렁이 한 마리가 나타나 사람들을 쫓아다니며 장사를 지내지 못하게 했다.

하는 수 없이 흩어진 오체(五體)를 각각 장사를 지냈다. 따라서 능도 각각 다섯 개를 만들었는데, 그래서 오릉(五陵)이라고 불렀다.

어떤 이는 구렁이와 관련된 능이므로 사릉(蛇陵)이라고 부르기도 했다.

신라라는 국호가 정식으로 쓰인 것은 제15대 기림왕, 서기 307년이었다. 혹은 지증왕, 법흥왕 때라는 설도 있다. 담엄사 뒤에 있는 왕릉이 그것이다.

아기장수 설화

작자 미상

아기장수 설화

작품 정리

이 설화에는 새로운 영웅의 출현을 기대하는 대중의 심리가 표현되어 있다. 미천한 혈통을 가지고 탁월한 능력을 발휘하지만 결국 비극적인 죽음을 맞이하는 이 설화는 기존 질서의 장벽 때문에 패배할 수밖에 없는 민중적 영웅의 이야기라고 할 수 있다. 시운의 불일치를 상징하는 용마가 아기 장수의 죽음 직후에 나타나서 비극은 강조되며, 이 부분에서 문학성이 잘 드러난다.

가난한 농사꾼 내외는 느지막이 아기를 낳았는데 억새로 탯줄을 자르고 태어난다. 아기는 겨드랑이에 날개가 달려서 천장으로 날아오르는 등 비범한 능력을 보였다. 아기 장수는 자기가 역적이 될 것을 알고 관군들이 잡으러 오자 그와 맞서 싸우다가 관군이 쏜 마지막 화살에 맞아 죽는다. 부모는 아기 장수가 죽기 전에 한 말대로 콩·팥 등의 곡식과 함께 아기 장수를 뒷산 바위 밑에 묻는다.

얼마 뒤 임금이 다시 아기 장수를 잡으러 왔다가 부모의 실토로 무덤에 가 보니 콩은 말이 되고 팥은 군사가 되어 막 일어나려 하고 있었다.

그때 바위가 갈라지는 바람에 바깥 바람이 들어가 병사는 물론 아기 장수도 스르르 눈 녹듯 형체가 없어진다. 그 뒤 아기 장수를 태울 용마가 나와서 주인을 애타게 찾아 헤맸지만 끝내 주인을 찾지 못하고 냇물 속으로 사라진다.

핵심정리

갈래: 설화

구성: 구전설화

제재: 비범한 아이의 탄생

주제: 아기장수의 비극적 죽음과 민중의 좌절

출전: 구비문학대계

아기장수 설화

옛날 먼 옛날, 임금과 벼슬아치들이 백성을 종처럼 부리던 때의 이야기다. 욕심 많은 임금과 사나운 벼슬아치들에게 시달리던 백성들은 누군가 힘세고 재주 많은 영웅이 나타나 자기들을 살려 주기를 간절하게 바랐다. 이때 지리산 자락의 외진 마을에 한 농사꾼 내외가 살았다. 산비탈에 자그마하게 밭을 일구어 농사를 지으며 그저 배를 곯지 않는 걸 고맙게 여기고 살았다. 그러다가 느지막이 아기를 하나 낳았는데, 낫을 들어 탯줄을 끊으려 했지만 탯줄은 끊어지지 않았다. 엄마는 혹시나 하고 억새풀을 뜯어서 베었더니 그제야 탯줄이 싹둑 잘렸다. 태어나기도 희한하게 태어난 이 아기는 갓난아기 때부터 하는 짓이 달라 태어난 지 사흘 만에 말을 하고, 나흘째 되는 날부터는 걸어 다녔다. 힘은 또 얼마나 센지, 자기 머리통보다 큰 돌을 번쩍번쩍 들었다. 그래서 사람들은 이 아기를 '아기 장수'라 불렀다.

어느 날 엄마가 밭일을 하고 들어와 보니 아기가 보이지 않았다. 엄마가 깜짝 놀라 방 안을 둘러보았더니 시렁(물건을 얹어 놓기 위해 방이나 마루 벽에 두 개의 긴 나무를 가로질러 선반처럼 만든 것)에 올라가 있는 것이 아닌가. 또 곁에 뉘어 놓고 잠깐 잠들었다 깨어나 보면 장롱 위에 납죽 올라가 있는 것이었다. 엄마 아빠는 하도 이상해서 하루는 아기를 방에 두고 나와 문구멍으로 들여다보았다. 그랬더니 아기가 방 안에서 푸드득 날아다니는 것이었다. 엄마가 아이의 몸을 자세히 살펴보니 아기의 겨드랑이에 작은 날개가 붙어 있었다. 순간 엄마는 눈앞이 캄캄했다. 예부터 날개 돋친 아기가 태어나면 그 아이는 물론 가족까지 다 죽인다는 말이 있었기 때문이다. 가난한 백성이 영웅을 낳으면 임금과 벼슬아치들

이 가만히 두지 않는다는 것이었다. 영웅이 백성을 살리려고 저희들과 맞서 싸우기라도 하면 큰일이니, 힘을 쓰기 전에 죽이려고 한다는 것이었다. 잘못하다가는 온 식구가 다 죽을 판국이었다. 그래서 어머니와 아버지가 의논 끝에 아기 장수를 데리고 사람의 발길이 닿지 않는 지리산 깊은 산골로 들어가 숨어 살았다. 그런데 발 없는 말이 천 리 간다더니, 아기 장수라고 하는 영웅이 지리산에 있다는 소문이 백성들 사이에 돌고 돌아 임금의 귀에까지 들어가게 되었다. 임금이 그 소문을 듣고 가만 있을 리 없었다. 임금은 사납고 힘센 장군을 뽑아 지리산으로 보냈다. 마침내 장군은 군사들을 거느리고 아기 장수의 집에 들이닥쳤다. 그런데 군사들이 몰려오는 걸 어떻게 알았는지 아기 장수는 감쪽같이 사라지고 없었다. 군사들이 온 산 속을 이 잡듯이 뒤졌지만 아기 장수를 찾지 못했다. 사흘 밤낮을 뒤지고도 못 찾자 장군은 아기 장수의 어머니 아버지를 잡아가더니 묶어 놓고 곤장을 쳤다. 어머니 아버지도 아기 장수가 어디에 있는지 정말 알 수 없었다. 어머니 아버지가 초주검이 되어 집으로 돌아왔더니, 그새 아기 장수가 집에 돌아와 있었다. 아기 장수는 자기 때문에 어머니 아버지가 관가에 끌려가 고통을 받는 것을 보고 가슴이 아파서 눈물을 흘렸다. 하루는 아기 장수가 어디서 구했는지 콩을 한 말이나 가지고 와서 어머니한테 볶아 달라고 했다. 어머니가 콩을 넣고 볶는데, 볶다가 보니 콩 한 알이 톡 튀어나오는 것이었다. 어머니가 하도 배가 고파서 그걸 주워 먹었다. 그러니까 한 말에서 한 알이 모자라게 볶아 주었다.

아기 장수는 볶은 콩을 하나하나 붙여 갑옷을 지었다. 그런데 딱 한 알이 모자라 왼쪽 겨드랑이 날갯죽지 바로 아래를 가리지 못했다. 아기 장수가 갑옷을 지어 입고 나서, 어머니에게 이렇게 말했다.

"조금 있으면 군사들이 다시 올 것입니다. 혹시 제가 싸우다 죽거든 뒷산 바위 밑에 묻어 주되, 좁쌀 서 되, 콩 서 되, 팥 서 되를 같이 묻어 주세요. 그리고 3년 동안 아

무에게도 묻힌 곳을 가르쳐 주지 마세요. 그렇게만 하면 3년 뒤에는 저를 다시 만날 수 있을 거예요."

　그러고 나서 조금 있다가 장군이 군사들을 데리고 다시 왔다. 그때 아기 장수가 볶은 콩으로 지은 갑옷을 입고 그 앞에 떡 버티고 서 있었다. 군사들이 겁을 내어 가까이 오지 못하고 멀리서 활을 쏘았다. 화살이 비 오듯이 쏟아졌지만 그 많은 화살이 죄다 갑옷에 맞아 부러지는데, 꼭 썩은 겨릅대 부러지듯 툭툭 부러졌다. 군사들에게는 화살을 다 쏘고 이제 딱 한 개의 화살이 남았다. 그때 아기 장수가 갑자기 왼팔을 번쩍 들더니 겨드랑이를 내놓았다. 그 순간 마지막 남은 한 개의 화살이 날아와 아기 장수의 겨드랑이를 맞추었다. 어머니 아버지가 슬피 울면서 아기 장수를 뒷산 바위 밑에 묻어 주었다. 아기 장수의 말대로 좁쌀 서 되, 콩 서 되, 팥 서 되를 같이 넣어 묻어 주었다. 세월이 흘러 3년이 지났다. 그동안 백성들 사이에서 소문이 돌기 시작했다. 아기 장수가 아직 안 죽고 살아 있다, 지리산 속에서 병사를 기르며 때를 기다린다는 소문이 퍼졌다. 사방이 고요하면 산 속에서 병사들이 말을 타고 내닫는 소리가 들린다고도 하고, 얼마 안 있으면 아기 장수가 산에서 나와 백성들을 구할 거라고도 하고, 이런 소문이 돌고 돌아 임금의 귀에까지 들어갔다.

"에잇, 안되겠다. 이번에는 내 손으로 죽이는 수밖에······."

임금은 화가 나서 군사들을 앞세우고 아기 장수의 집을 찾아갔다.

"아기 장수는 어디에 묻었느냐? 바른 대로 대라."

"저희는 정말 모릅니다."

그러자 임금은 아기 장수의 엄마 아빠 목에 시퍼런 칼을 갖다 대고 으름장을 놓았다.

"이래도 말을 못하겠느냐?"

아기 장수의 어머니가 그만 눈 앞이 아득해져서 뒷산 바위 밑에 묻었다고 말했다. 임금은 그 길로 뒷산에 가서 아기 장수를 묻었다  는 바위 밑을 파헤치기 시작했다. 그런데 아무리 삽질을 하고 곡괭이질을 해도 아무것도 나오지 않는 것이었다. 임금은 다시 아기 장수 어머니 아버지한테로 가 아버지 목에 칼을 갖다 대고 으름장을 놓으며 물었다.

"아기 장수 낳을 때 뭐 이상한 일이 없었느냐? 바른 대로 대라."

"사실은 탯줄이 잘 안 끊어져서 억새풀로 잘랐습니다."

아기 장수 엄마의 말을 들은 임금은 다시 뒷산으로 가서 억새풀을 한 아름 베어다 바위를 탁 쳤다. 그랬더니 우르르하고 땅이 흔들리면서 바위 한가운데에 금이 쩍 가더니 그 큰 바위가 두 쪽으로 갈라졌다. 그 갈라진 틈으로 바위 속을 들여다보니 소문대로 아기 장수는 죽지 않고 살아, 바위 속에서 병사를 기르고 있었다. 그 안에는 검은 옷을 입은 군사 5만 명과, 붉은 옷을 입은 군사 5만 명이 싸울 준비를 하고 있었다. 맨 앞에서 아기 장수가 번쩍이는 갑옷을 입고 머리에 투구를 막 쓰려고 할 때였다. 그만 바위가 갈라지는 바람에 바깥 바람이 들어가 그 많은 병사들이 스르르 녹아 없어지고, 아기 장수도 스스로 눈 녹듯이 녹아서 형체가 없어졌다. 바위가 열리고 아기 장수가 병사들과 함께 사라지던 바로 그 순간, 지리산 자락 어느 냇가에 날개 달린 말이 나타났다. 그 말은 아기 장수를 애타게 찾아 헤매었지만 아기 장수가 이미 죽은 뒤였다. 말은 끝내 주인을 찾지 못하고 냇물 속으로 스르르 들어갔다. 그 뒤에도 물 속에서는 말 우는 소리가 자주 들렸는데 백성들은 그 소리를 듣고 아기 장수가 아직도 죽지 않고 살아 있다고 믿었다.

연오랑 세오녀 설화

작자 미상

연오랑 세오녀 설화

연오는 태양 속에 까마귀가 산다는 양오전설의 변음으로 볼 수 있고, 세오도 쇠오, 즉 금오의 변형으로 볼 수 있다. 연오와 세오의 이동으로 일월이 빛을 잃었다가 세오의 비단 제사로 다시 광명을 회복하였다는 일월지의 전설과 자취는 지금도 영일만에 남아 있다.

신라 제8대 아달라왕 4년(158) 동해변에 연오랑·세오녀 부부가 살았다. 어느 날 해조를 따던 연오는 바위에 실려 일본 땅으로 건너가게 된다. 그때까지 왕이 없던 일본 사람들은 연오를 비상하게 여겨 왕으로 삼는다. 돌아오지 않는 남편을 찾아 나섰던 세오도 바위에 실려 일본으로 가게 된다. 연오와 세오는 서로 만나고 세오는 귀비가 된다.

이때 신라에서는 해와 달이 빛을 잃는다. 이에 국왕은 사자를 일본에 보내어 이들 부부를 찾는다. 연오는 그들이 일본에 오게 된 것은 하늘의 뜻임을 말하고 세오가 짠 비단으로 하늘에 제사를 지내도록 했다. 사자가 돌아와 그 비단을 모셔 놓고 제사를 드리자 해와 달이 옛날같이 다시 밝아졌다. 비단을 창고에 모셔 국보로 삼고 그 창고를 귀비고라 하였으며, 하늘에 제사 지내던 곳을 영일현 또는 도기야라 하였다.

핵심정리

갈래: 설화

구성: 일월신화

제재: 일월신의 건국

주제: 새로운 세계의 개척

출전: 삼국유사

☀️ 연오랑 세오녀 설화

신라 8대 임금인 아달라(阿達羅) 이사금(왕)이 즉위한 지 4년째 되던 서기 158년의 일이다.

동해 바닷가에 연오랑(燕烏郞)과 세오녀(細烏女) 부부가 살고 있었다. 그들은 가난하지만 부지런히 미역을 따고 조개를 캐며 생활하는 성실한 부부였다. 특히 아내 세오녀는 베 짜는 솜씨가 뛰어났다.

어느 날 연오가 바다에서 해조를 따고 있었다. 이때 갑자기 바위 하나가 홀연히 나타났다.

"웬 바위지? 오늘은 저 바위 위에서 고기를 잡아 봐야겠다."

연오랑은 바위로 올라가 낚시를 드리웠다. 그런데 그

날따라 이상하게 고기가 물지 않았다.

점심때가 다 되어도 연오랑은 헛손질만 거듭했다. 연오랑이 그만 낚시를 거둬들이려고 마음먹은 찰나에 갑자기 바위가 기우뚱거리더니 연오랑을 태운 채 바다 한가운데로 흘러가기 시작했다. 연오랑은 그 바위를 타고 일본까지 흘러갔다. 당시 일본은 뚜렷한 지도자가 없었다. 그래서 여러 부족끼리 싸움을 일삼고 있었다. 이러한 상황에 연오랑이 바위를 타고 나타나자 그들은 범상한 사람이 아니라고 생각했다.

일본인들은 연오랑을 하늘에서 내린 사람이라고 믿었다. 그래서 그들은 부족회의를 열어 연오랑을 자기들의 왕으로 모셨다.

한편 아내 세오녀는 아무리 기다려도 남편이 돌아오지 않자 이상하게 여겨 바닷가로 나가 보았다. 그녀는 바다를 둘러보며 남편을 찾아보았으나 어디에도 없었다.

그러다가 남편의 신발이 나란히 놓여 있는 바위 하나를 발견했다.

세오녀는 남편이 벗어 놓은 신발을 보고 자기도 그 바

위로 올라갔다. 그러자 남편이 그랬던 것처럼 세오녀를
싣고 일본으로 갔다. 그리하여 세오녀는 일본에서 남편
을 만나 왕비가 되었다.

　그런데 이 부부가 신라 땅을 떠난 뒤부터 나라에 이상
한 일이 벌어졌다. 갑자기 해와 달이 빛을 잃었던 것이
다.

　왕은 천문을 맡은 신하를 불러 그 까닭을 물었다. 그러

자 신하가 대답했다.

"해와 달의 정기가 우리나라에 있 다가 일본으로 가 버렸기 때문에 이 런 변괴가 생긴 것입니다."

왕은 두 사람을 데리고 오기 위해 일본에 사신을 보 냈다. 그러나 연오랑은 사자에게 이렇게 말했다.

"우리가 여기에 온 것은 하늘의 뜻인 것 같소. 어찌 내 마음대로 돌아갈 수 있겠소. 그러나 내 아내가 짠 명주 를 줄 테니 가지고 가서 하늘에 제사를 올리도록 하시오. 그러면 다시 빛을 찾을 것이오."

연오랑은 세오녀가 짠 비단을 사신에게 주었다. 사자 는 돌아와서 왕에게 사실대로 아뢰었다. 연오랑의 말대 로 사신이 가져온 비단으로 하늘에 제사를 올렸더니 과 연 해와 달이 나타나 예전처럼 밝게 빛났다.

그 후 왕은 세오녀가 짠 명주 비단을 국보로 삼고, 그 것을 넣어 둔 창고를 귀비고(貴妃庫)라고 불렀다. 또한 그 비단으로 제사를 지낸 곳을 영일현(迎日縣) 또는 도기 야(都祈野)라고 했다.

온달설화

작자 미상

온달설화

　신분이 고귀한 공주가 스스로 바보 총각을 찾아가 결혼을 하고, 남편을 영웅으로 성장시켜 공을 세우게 하는 과정이 짜임새를 갖추어 그려지고 있다. 공주는 결단력이 있을 뿐 아니라, 공주의 말을 이해하지 못하는 온달과 그 모친을 끝까지 설득하고 또 무예와 공부를 가르쳐 온달이 영웅으로 입신케 하는 방안을 마련하는 등 비범한 안목을 가진 여성이다. 아울러 온달의 관이 움직이지 않자, "죽고 사는 것은 판결이 났으니 돌아가자."고 하며, 초탈한 모습까지 보여 이인(異人) 같기도 하다. 반면 공주의 도움이긴 하나 세상 사람들이 바보라 했던 온달에게 영웅적 능력이 잠재해 있음이 밝혀져 사람을 신분이나 겉모습으로 판단할 것이 아님을 말해 주고 있다.

고구려의 성(城) 밖에 온달이라는 한 사나이가 있었다. 그는 어린 시절에는 눈먼 어머니를 봉양하기 위해 거리를 다니며 음식을 구걸하였는데 얼굴이 험악하고 우스꽝스러워 사람들이 그를 '바보 온달'이라고 불렀다.

한편 울기를 잘해 바보 온달에게 시집을 보내야겠다던 평강왕의 놀림을 진실로 믿고 온달과의 혼인을 고집하다 쫓겨난 공주를 아내로 맞아들이면서 새로운 인생이 시작된다.

고구려에는 매년 3월 3일 낙랑(樂浪)의 언덕에서 사냥한 것으로 천신과 산천신에게 제사하는 국가적인 대제전이 있었다. 온달은 여기에 공주가 기른 말을 타고 참여하여 뛰어난 사냥 솜씨를 발휘한다.

그 뒤 후주의 무제(武帝) 군대의 요동 침입 때 고구려군의 선봉대에 가담해 후주군을 격퇴하는 대공을 세워 왕에게 인정을 받는다.

590년 영양왕 때, 신라 땅 아차성에서 적과 맞서 싸우다가 숨을 거둔다.

핵심정리

갈래: 설화

구성: 인물설화

제재: 평강 공주의 내조

주제: 삶을 개척해 나가는 주체의식

출전: 삼국사기

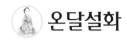# 온달설화

고구려의 성(城) 밖에 온달(溫達)이라는 한 사나이가 있었다. 그는 얼굴이 험악하고 우스꽝스럽게 생겼으나 마음씨는 착했다. 그는 집이 가난하여 나무를 해다가 성 안에 내다 팔고 눈이 먼 늙은 어머니를 봉양하고 있었다. 항상 다 떨어진 옷에 다 떨어진 신발을 끌고 거리를 누비고 다녀 사람들이 그를 '바보 온달'이라고 불렀다. 그러나 그는 그런 것쯤은 염두에 두지 않았다. 바보 취급을 당하는 것이 오히려 속이 편했다. 그때의 임금님을 평강왕 또는 평원왕이라고 했는데, 평강왕에게는 공주가 한 명 있었다. 어떻게 된 노릇인지 공주는 어릴 때부터 하도 잘 울어서

유모를 골탕 먹이곤 했다. 그래서 왕은 늘 공주에게 다음과 같은 농담을 건넸다.

"계속 그렇게 울면 나중에 바보 온달에게 시집보낼 것이다."

그것이 한두 번이 아니었다. 공주도 잘 울었지만 왕의 이런 농담도 그때마다 되풀이되었다. 더구나 마음이 즐거울 때면 왕은 공주를 무릎에 앉히고 이렇게 조롱할 때도 있었다.

"어이, 온달의 부인, 또 우셨나?"

마침내 공주의 별칭은 '온달의 부인'이 되었다. 세월이 흘러서 어느덧 그 울음보 공주도 이팔청춘을 맞이하게 되었다. 왕은 신하 중에서 명문가인 상부(上部)의 고씨를 골라서 그에게 공주를 시집보내려고 했다. 그런데 뜻밖의 일이 일어났다. 어떻게 된 일인지 공주는 고씨와 혼인하는 것을 완강히 거부하는 것이었다. 평강왕은 너무나 뜻밖의 일이라 공주를 크게 꾸짖었다.

"아니, 네가 아비의 말을 거역할 셈이냐?"

"아바마마께서는 평소 온달에게 시집보내겠다고 하시

지 않았습니까? 보잘것없는 사내조차도 거짓말을 꺼려하는 법이옵니다. 그러한데 만민의 대왕이신 아바마마께서 어이하여 스스로 하신 말씀을 어기시나이까. 딴 곳으로는 시집가지 않겠나이다. 제발 소원이오니 온달에게 시집보내 주시기 바라옵니다."

평강 공주가 온달에게 시집가겠다고 한 것이었다. 왕은 장난삼아 한 말이 이렇게까지 뿌리를 깊게 박고 있으리라는 생각은 미처 하지 못했다. 여러 신하들이 갖가지 얘기로 도리를 설명하고 뜻을 바꾸려 해도 온달이 아니면 아무에게도 시집가지 않겠다는 것이었다. 유순한 평강왕은 드디어 진노하였다.

"아비 말을 따르지 않는 불효녀를 자식으로 생각하지 않겠다. 네가 가고 싶은 곳으로 가든 말든 내 눈앞에서 당장 사라져 버려라."

평강 공주는 궁중에서 쫓겨나 온달의 집을 찾아 나섰다. 온달의 어머니와 온달을 만난 평강공주는 백년가약을 맺고자 한

다는 말을 했으나, 모자는 믿을 수 없다며 승낙하지 않
았다. 하지만 공주는 두 모자를 끝까지 설득해 혼례식 시
늉만 내고 그날부터 온달의 처가 되었다. 공주는 곧 황
금 팔찌를 팔아서 논밭과 집을 장만하였다. 그리고 소와
말을 샀다. 또 살림 도구까지 아쉬운 것 없이 모두 장만

하였다. 어제까지는 바보 천치라고 손가락질 받던 가난뱅이 온달도 이제부터는 여러 종을 거느린 주인이 되었다. 그날부터 공주는 온달에게 무예를 익히게 하고, 책을 장만하여 공부도 시켰다.

그렇게 몇 년의 세월이 흘렀다. 고구려에서는 매년 3월 3일, 낙랑의 언덕에서 사냥을 베풀고 천지 산천의 신을 떠받드는 제사를 지내는 풍습이 있었다. 그날은 임금님은 물론 신하, 오부의 군사들이 모두 그에 따랐는데, 백성 중에서도 무예가 뛰어난 자는 그 행사에 끼도록 허락되었다. 어떤 해의 일이었다. 이 행사에 낯선 무사 한 명이 탐스러운 말을 타고 참가하였는데 언제나 선두를 차지할 뿐만 아니라, 잡은 짐승도 제일 많아 어느 누구와도 비교되는 사람이 없었다. 왕은 그 사나이가 온달이라는 사실을 알고 깜짝 놀랐다. 그때 후주의 무제가 군사를 일으켜 요동을 공격했는데, 온달은 자원하여 선봉대에 가담했다. 그리고 대승리를 거두었다. 싸움이 끝난 후에 논공(論功, 공적이 있고 없음이나 크고 작음을 논의하여 평가함)을 했는데, 하나같이 온달의 공을 으뜸으로 사뢰었기에, 왕은 큰 상을 베풀며 그의 손을 잡고 치하하며 말했다.

"과연 내 사위로다."

그때부터 왕의 사랑은 온달에게 쏠렸고, 온달의 권세는 나날이 더하여 갔다. 평원왕이 죽고, 그 아들 영양왕이 즉위했을 때, 온달은 신라 땅 아차성에서 적군과 맞서 싸웠다. 한때는 전세가 유리하여 적군을 무찔렀으나, 전쟁이 한창 치열할 때 화살에 맞아서 큰 뜻을 이루지도 못한 채 싸움터에서 숨을 거두었다. 온달의 유해는 곧 도성으로 운반되었다. 그런데 막상 장례를 지내려고 하니 관이 땅에 붙어서 떨어지지 않았다. 공주가 와서 관을 어루만지면서 말했다.

"죽고 사는 것은 판결이 났사오니, 돌아가소서."

그러자 비로소 관이 움직이기 시작해 장례를 지낼 수 있었다. 온달이 죽자 온 나라가 슬픔에 잠기었는데 특히 왕의 슬픔은 한층 더하였다.

서동요

작자 미상

서동요

　이 설화는 주인공 서동의 출생과 성장, 혼인과 치부(致富), 즉위와 종교적 성취에 이르는 서동의 출세 과정이 점층적으로 전개되고 있다. 이야기 끝에 사찰연기설화가 붙은 것은 《삼국유사》소재 설화의 공통적인 특징이다.

서동은 과부인 어머니와 지룡 사이에서 태어나 마를 캐어다 팔며 어려운 생계를 꾸려 나갔다. 신라 진평왕(眞平王)의 셋째 딸인 선화 공주가 아름답다는 말을 들은 서동은 선화 공주를 마음속으로 사모하게 된다. 서동은 아이들을 시켜 선화 공주가 밤마다 서동의 방을 드나든다는 내용의 노래를 퍼뜨려 공주를 곤경에 빠뜨린다. 선화 공주가 궁중에서 쫓겨나자 서동은 공주와 백제에서 혼인한다. 서동은 공주로 인해 마를 캐던 곳에 쌓여 있던 것이 금이라는 것을 알고 금을 지명 법사의 신통력으로 신라 궁중에 보낸다. 마침내 진평왕에게 인정을 받게 된 서동은 왕이 된다. 그가 바로 백제의 무왕이다. 어느 날 서동과 선화 공주가 사자사에 가는데 큰 못에서 미륵삼존이 나타났다. 서동은 공주의 요청에 따라 못을 메우고, 그 자리에 미륵삼존을 기려 미륵사를 세웠다.

핵심정리

갈래: 설화

구성: 영웅설화

제재: 선화공주의 사랑

주제: 참요(예언)를 통한 왕의 등극

출전: 삼국유사

🖋 서동요

백제 30대 무왕(武王)의 이름은 장(璋)이다.

그의 어머니는 과부가 되어 서울 남쪽의 연못가에서 살았다.

그런데 그의 어머니는 그 연못 속의 용과 관계하여 장을 낳았다.

장의 어릴 때 이름은 서동(薯童)이었는데, 항상 마를 캐어다 팔아 어려운 생계를 꾸려 나갔기 때문에 붙여진 것이었다. 그는 재주가 뛰어나고 도량이 넓어서 그 깊이를 헤아리기가 어려웠다.

당시 신라 26대 진평왕의 셋째 딸인 선화 공주(善花公主)가 무척 아름답다는 소리를 들은 서동은 마음속으로 그녀를 사모하게 되었다.

서동은 어떻게든 공주를 만나기 위해 궁리를 한 끝에
머리를 깎고 신라의 서라벌(徐羅伐, 지금의 경주)로 가
동네 아이들에게 마를 먹이며 친하게 지냈다. 시간이 흘
러 아이들이 서동을 거리낌 없이 따르게 되자 그는 동요
한 수를 지어 아이들에게 부르게 했다.

그 노래는 이런 것이었다.

선화 공주님은

남몰래 얼어두고

서동 방을

밤에 몰래 안고 간다.

선화 공주가 밤마다 서동의 방을 드나든다는 뜻의 이
동요는 삽시간에 퍼져 마침내 대궐에까지 들렸다.

그러자 신하들은 왕에게 간곡히 청하여 공주를 먼 곳
으로 귀양 보내도록 했다. 결국 왕은 신하들의 청을 받
아들였다.

공주가 귀향을 떠나려 하자 왕후는 순금 한 말을 주어

노자에 보태도록 했다. 얼마 후 공주는 귀양지에 다다랐
다. 그때 서동이 나타나 공주에게 절을 올린 뒤 자신이
모시기를 청했다.

공주는 그를 처음 보았지만 왠지 믿음직스러워 보여
이를 허락했다. 공주는 서동을 따라가 그 해괴한 동요가

불린 까닭을 알게 되었다. 하지만 이제는 엎질러진 물이 된 터였다.

이제 함께 살게 된 공주는 서동을 따라 백제로 가서 모후가 준 금을 꺼내 놓고 앞으로 살아갈 계획을 세우려 하자 서동이 껄껄 웃으며 물었다.

"이것이 무엇이오?"

공주가 대답했다.

"이것은 황금이니 평생 부를 누릴 수 있는 밑천입니다."

공주의 대답을 듣고 서동이 시큰둥하게 말했다.

"내가 어렸을 적부터 마를 캐던 곳에 이런 물건을 흙덩이처럼 많이 쌓아 두었는데……."

그 말을 듣자 공주가 크게 놀라며 말했다.

"예! 그것이 정말입니까? 이 황금은 천하의 보배입니다. 정말 황금이 그렇게 많다면 우리 부모님이 계신 대궐로 보내는 게 어떻겠습니까?"

"좋소. 그렇게 합시다."

이렇게 해서 두 사람은 금을 산더미처럼 쌓아 놓았다.

하지만 신라로 옮길 일이 걱정이었다. 그래서 용화산 사자사의 지명 법사에게 황금을 실어 나를 계책을 물었다.

"내가 신통한 도의 힘으로 그 황금을 보낼 테니, 이리 가져오시오."

공주는 신라의 부모에게 쓴 편지와 함께 황금을 사자사로 옮겼다. 그러자 법사는 신통한  힘을 발휘해 그 많은 황금을 하룻밤 사이에 신라의 궁으로 보냈다.

진평왕은 그 신비스러운 변화를 이상히 여겨 서동을 존경하게 되었고, 자주 편지를 보내 안부를 묻곤 했다.

서동은 그때부터 백성들에게 인심을 얻어 마침내 백제의 임금 자리에 오르게 되었다. 그가 바로 백제의 무왕이며, 신라의 공주였던 선화 공주는 백제의 왕비가 되었다.

김현감호 설화

작자 미상

김현감호 설화

이 이야기는 신라 원성왕 때의 인물인 김현의 생애와 호원사(虎願寺)라는 사찰 창건에 관한 연기(緣起) 설화이다. 호랑이가 등장하는 많은 설화 중의 하나이며, 《수이전》에 '호원(虎願)'으로 실렸던 작품이다. 원성왕 때에 2월 팔일부터 보름까지 흥륜사의 전탑을 도는 복회때 김현이 복회에 참석했다가 한 처녀를 만나 서로 정을 통한 뒤 처녀의 집으로 간다.

조금 후 처녀의 오빠인 세 마리의 호랑이가 오두막집 안으로 들어와 비린내가 난다고 좋아하자 그때 하늘에서 많은 생명을 해치고 있는 너희들 중 한 놈을 죽여 그 악을 징계하겠다는 울림을 듣고 처녀가 대신 하늘의 벌을 받겠다고 한다.

처녀는 다른 사람 손에 죽는 것보다는 김현의 칼에 죽어 하룻밤 배필의 은덕을 보답하겠다고 하고, 자기가 죽은 후 절을 세워 줄 것을 부탁한다.

이 설화는 처녀로 변신한 호랑이가 인간과 부부의 연을 맺고 자신을 희생하여 남편을 입신시키고 형제를 살린다는 불교적 권선을 강조한 작품이다.

신라 풍속에 해마다 2월이 되면 팔일에서 보름까지 흥륜사의 전탑을 도는 복회(福會, 복을 비는 모임)를 행했다. 원성왕 때에 김현(金現)이라는 총각이 밤이 깊도록 전탑돌이를 하는데 염불을 하며 돌고 있는 다른 처녀와 전탑돌이를 마치고 아늑한 곳으로 처녀를 이끌어 정을 통하고 따라오지 말라는 그녀를 따라 김현은 그녀의 오두막집으로 갔다. 집안에는 한 노파가 있고 뒤따라온 이가 누구냐고 처녀에게 노파가 묻자 그간의 일을 다 얘기했다. 노파는 이미 저지른 일이니 어쩔 수 없구나 하고 아무도 모르는 곳에 잘 숨겨 주라고 한다.

조금 후 처녀의 오빠인 세 마리의 호랑이가 오두막집 안으로 들어와 마침 시장하던 참에 비린내가 난다고 좋아하자 그때 하늘에서 많은 생명을 해치고 있는 너희들 중 한 놈을 죽여 그 악을 징계하겠다는 울림을 듣고 집안의 재앙을 처녀가 대신 받겠다고 하자 세 호랑이들은 머리를 숙이고 꼬리를 느슨히 낮추고 달아나 버린다.

핵심정리

갈래: 설화

구성: 호원설화

제재: 호랑이 처녀와 인간의 사랑

주제: 살신성인을 통한 사랑의 승화

출전: 수이전

김현감호 설화

신라 풍속에 해마다 2월이 되면 팔일에서 보름까지 장안의 남녀들이 다투어 흥륜사의 전탑을 도는 것으로 복회(福會, 복을 비는 모임)를 행했다.

원성왕 때에 일이다. 김현(金現)이라는 한 총각이 밤이 깊도록 홀로 전탑돌이를 하고 있다. 그런데 다른 한 처녀도 염불을 하며 김현의 뒤를 따라 돌고 있었다.

둘은 서로 마음이 교감되어 서로 눈길을 주고받는다. 전탑돌이를 마치자 처녀를 아늑한 곳으로 이끌어 가서 정을 통한다. 처녀가 집으로 돌아가려 하자 김현이 따라나선다. 처녀는 따라오지 말라고 거절하지만 김현은 군이 그녀를 따라간다.

서산 기슭에 이르러 처녀가 한 오두막집으로 들어갔다. 거기에는 한 노파가 있었다. 노파는 처녀에게 물었다.

"널 뒤따라온 이가 누구냐."

처녀는 그간의 밖에서 있었던 일을 다 얘기했다. 처녀의 얘기를 듣고 그 노파가 말했다.

"비록 좋은 일이라 하나 차라리 없던 게 나았다. 그러나 이미 저지른 일이니 어쩔 수 없구나. 아무도 모르는 곳에 잘 숨겨 주어라. 너의 형제들이 돌아오면 나쁜 짓을 할까 두렵구나."

처녀는 김현을 이끌어 깊숙하고 구석진 곳에다 숨겨 두었다.

조금 뒤에 세 마리의 호랑이가 포효하면서 오두막집으로 들어왔다. 그들은 사람의 말로 말했다.

"집안에서 비린내가 나는데, 마침 시장하던 참이라 요기하기 꼭 좋구나!"

이에 노파와 처녀가 꾸짖으며 말한다.

"너희들 코는 어떻게 되었느냐? 무슨 미친 소리들을

하느냐!"

　그때 하늘의 울림이 들려왔다.

　"너희들이 즐겨 많은 생명을 해치고 있으니 마땅히 너희들 중 한 놈을 죽여 그 악을 징계하겠노라."

　세 호랑이들은 이 하늘의 울림을 듣고는 모두 풀이 죽

어 걱정스러운 표정들을 했다. 처녀가 그들에게 말했다.

"만일 세 분 오빠가 멀리 피하여 스스로 징계하겠다면 그 벌을 제가 대신 받겠습니다."

이 말을 듣고 세 호랑이들은 모두 기뻐하며 머리를 숙이고 꼬리를 느슨히 낮추고는 달아나 버렸다.

처녀는 김현이 숨어 있는 데로 들어가서 말했다.

"애당초 저는 도련님이 저희 집으로 오시는 것이 부끄러웠습니다. 그래서 오시지 말도록 말렸던 것입니다. 그러나 이제는 모든 것이 이미 드러나 버렸으니 감히 저의 내심을 말씀드리겠습니다. 이 몸이 비록 도련님과 종족은 다르지만 하루저녁의 즐거움을 얻었으니 그 의리는 부부로서의 결합만큼이나 소중한 것입니다.

마침 하늘은 이미 세 오빠들의 죄악을 미워하여 벌하려 하시니 집안의 재앙을 저 한 몸으로 감당하려 합니다. 그런데 이왕 죽을 바에는 아무 상관없는 사람들의 손에 의해 죽기보다는 도련님의 칼날에 죽음으로써 소중한 은의(恩義)에 보답하는 것이 얼마나 좋은 일이겠습니까?

제가 내일 거리에 들어가 한바탕 극심하게 작해를 부

리며 돌아다니겠습니다. 그러면 사람들은 저를 어찌할 수 없을 테고 임금님은 필경 많은 상금과 높은 벼슬을 내걸고 저를 잡을 사람을 찾게 될 것입니다. 그럴 때 도련님이 나서되 조금도 겁내지 마시고 도성 북쪽의 숲속으로 저를 추격해 오십시오. 거기서 제가 기다리고 있겠습니다."

김현은 말했다.

"사람이 사람과 교합하는 것은 인륜의 평범한 도리이

지만 사람이 아닌 다른 유
(類)인데도 교합하게 되는
것은 보통의 일이 아니오.
이미 그대와 교합을 하였으
니 이는 진실로 하늘이 정한 분복이리라. 어찌 차마 배
필의 죽음을 팔아 요행으로 한 세상의 벼슬과 영화를 구
할 수 있겠는가?"

　처녀가 말했다.

　"도련님께서는 그런 말씀을 아예 하지 마십시오. 지금
제가 젊은 나이에 일찍 죽는 것은 하늘의 명령이요, 또
한 제 소원입니다. 그리고 그것은 도련님의 경사이며 저
희 일족의 복이며 나라 사람들의 기쁨입니다. 한 번 죽
어 이렇게 다섯 가지 이로운 점이 갖추어지는 데에야 어
찌 그것을 피하겠습니까? 다만 저를 위하여 절을 세우고
불경을 강(講)하여 좋은 업보를 빌어 주시면 도련님의 은
혜는 그보다 더 클 수 없을 것입니다."

　그리하여 둘은 울면서 헤어졌다.

　다음날 과연 한 마리 맹호가 도성 안에 들어왔는데 그

사나움이 어찌나 심했던지 아무도 감당할 자가 없었다. 원성왕은 그 보고를 받고 포고령을 발표한다.

"호랑이를 잡아 죽이는 사람에게는 관직 2급의 주겠다."

라고 하였다. 이 포고령을 듣고 김현은 대궐로 나아가 자신이 그 맹호를 잡아 오겠노라고 아뢰었다. 그러자 왕은 관직을 주고 격려했다.

김현은 단도를 지니고 처녀가 알려준 도성 북쪽의 그 숲속으로 들어갔다. 그곳에서 호랑이는 처녀로 변해 있었다. 그녀가 반갑게 웃으면서 말했다.

"어젯밤 도련님께 드렸던 저의 간곡한 사연을 잊지 않으셨군요. 오늘 제 발톱에 상처를 입은 사람들에게는 흥륜사의 간장을 찍어 바르게 하고 그 절의 나발 소리를 들려주면 상처가 치유될 것입니다."

라는 말을 마치고 처녀는 김현이 차고 있던 단도를 뽑아 스스로 목을 찔러 넘어졌다. 넘어진 것은 바로 한 마리의 호랑이였다.

김현은 숲속에서 나와 지금 호랑이를 잡았다고 말했

다. 그리고 그 호
랑이와의 사이에
있었던 내력은 숨
기고 일절 발설하지 않

았다. 다만 호랑이 처녀가 가르쳐 준 처방에 따라 그날
호랑이에게 다친 사람들을 치료했더니 상처들이 모두 나
았다. 오늘날도 역시 그 방법을 쓰고 있다.

김현은 벼슬에 오른 뒤에 서천 가에 절을 세우고 호원
사(虎願寺)라 불렀다. 그리고 항상 범망경(梵網經)을 강
하여 그 호랑이의 명복을 빌어, 호랑이가 제 몸을 죽여
김현을 출세시킨 그 은혜에 보답했다.

김현은 죽음을 앞두고 자신이 겪은 그 과거사의 신기
함을 깊이 느끼고 붓을 들어 기록으로 남겼다. 세상에서
는 그제야 비로소 알고 호랑이가 들어가 죽었던 그 숲을
논호림(論虎林)이라 이름 지었으며 지금까지도 그렇게
부르고 있다.

지귀설화

작자 미상

지귀설화

작품 정리

이 작품은 신라시대의 역사적 사실과 결부되는 민간신앙의 고대설화로 ≪심화요탑≫이라는 제목으로 ≪수이전≫에 수록된 문헌 설화다.

신라 선덕여왕 때에 활리역 사람인 지귀가 서라벌에 나왔다가 아름다운 여왕을 본 뒤에 사모(思慕)하고 잠도 자지 않고 밥도 먹지 않다 정신이 나간다. 지귀는 "아름다운 여왕이여, 나의 사랑하는 선덕 여왕이여!" 하며 거리를 뛰어다닌다.

어느 날 여왕이 절에 행차를 하는데 골목에서 지귀가 여왕을 부르며 나오자 여왕은 지귀에게 자기를 따라오라고 한다. 여왕이 기도를 올리는 동안 지귀는 탑 아래에서 잠이 든다. 불공을 마치고 잠든 지귀를 본 여왕은 금팔찌를 지귀의 가슴 위에 놓고 간다. 잠이 깬 지귀는 여왕의 금팔찌를 보고 더욱 사모하다 불귀신이 되어 온 세상을 떠돌아다니자 선덕여왕이 주문을 대문에 붙이게 하여 화재를 당하지 않게 된다.

이 설화는 선덕여왕이라는 실제 인물의 역사적 사실이 결부된 귀신지괴설화(鬼神志怪說話)의 효시인 작품이다.

신라 선덕여왕 때에 활리역(活里驛) 사람인 지귀가 서라벌에
나왔다가 아름다운 여왕을 본 뒤에 사모(思慕)하게 된다. 그는 잠
도 자지 않고 밥도 먹지 않으며 정신이 나간 사람처럼 선덕여왕
을 부르다 미쳐 버린다. 미친 지귀는 "아름다운 여왕이여, 나의
사랑하는 선덕 여왕이여!" 하며 거리를 뛰어다닌다. 관리들은 여
왕이 들을까 봐 지귀를 붙잡아 매질을 하고 야단을 친다.

어느 날 여왕이 부처에게 기도를 올리려 절에 행차를 하는데
골목에서 지귀가 여왕을 부르며 나오자 여왕은 지귀에게 자기를
따라오라고 한다. 지귀는 너무 기뻐 춤을 추며 여왕의 행렬을 뒤
따랐다. 여왕이 절에 이르러 기도를 올리는 동안 지귀는 절 앞의
탑 아래에서 여왕이 나오기를 기다리다 잠이 든다.

여왕이 불공을 마치고 나오는데 탑 아래에 잠들어 있는 지귀
를 보고 가엾다는 듯이 바라보고 팔목에 감았던 금팔찌를 지귀
의 가슴 위에 놓고 간다.

여왕이 간 뒤에 잠이 깬 지귀는 가슴 위에 놓인 여왕의 금팔찌
를 보고 가슴에 꼭 껴안고 기뻐서 어쩔 줄을 모른다.

핵심정리

갈래: 설화

구성: 귀신지괴설화

제재: 지귀의 사랑

주제: 화신의 내력과 풍속

출전: 수이전

지귀설화

신라 선덕여왕 때에 지귀(志鬼)라는 젊은이가 있었다. 지귀는 활리역(活里驛) 사람인데, 하루는 서라벌에 나왔다가 지나가는 선덕 여왕을 보았다. 그런데 여왕이 어찌나 아름다웠던지 그는 여왕을 사모하게 되었다.

선덕 여왕은 진평왕의 맏딸로서 성품이 인자하고 지혜롭고 용모가 아름다워 모든 백성들로부터 칭송(稱頌)과 찬사를 받는다. 그래서 여왕이 행차(行次)를 하면 모든 사람들이 여왕을 보려고 온통 거리를 메웠다.

지귀도 그러한 사람들 틈에서 아름다운 여왕을 한 번 본 뒤에는 혼자 여왕을 사모(思慕)하게 된 것이다. 그뿐 아니라

그는 잠도 자지 않고 밥도 먹지 않으며 정신이 나간 사람처럼 선덕여왕을 부르다가 그만 미쳐 버리고 만다.

"아름다운 여왕이여, 나의 사랑하는 선덕 여왕이여!"

지귀는 거리를 뛰어다니며 이렇게 외쳐댔다. 이를 본 관리들은 지귀가 지껄이는 소리를 여왕이 들을까 봐 걱정이었다. 그래서 관리들은 지귀를 붙잡아 매질을 하며 야단을 치지만 아무 소용이 없다.

어느 날 여왕이 행차를 하게 되었다. 그때 어느 골목에서 지귀가 선덕 여왕을 부르며 나오다가 사람들에게 붙들린다. 그래서 사람들은 웅성거리기 시작하고 떠들썩했다.

이를 본 여왕은 뒤에 있는 관리에게 물었다.

"대체 무슨 일이냐?"

"미친 사람이 여왕님 앞으로 뛰어나오다가 다른 사람들에게 붙들렸습니다."

"왜 나한테 온다는데 붙잡았느냐?"

"아뢰옵기 황송합니다만, 지귀라고 하는 미친 사람이 여왕님을 사모하고 있다고 합니다."

관리는 큰 죄를 진 사람처럼 머리를 숙이며 말했다.

"고마운 일이로구나!"

여왕은 혼잣말처럼 이렇게 말하고, 지귀에게 자기를 따라오도록 하라고 관리에게 이르고는 절을 향하여 발걸음을 떼어 놓았다. 여왕의 명령을 전해들은 사람들은 모두 깜짝 놀랐으나 지귀는 너무 기뻐 춤을 덩실덩실 추며 여왕의 행렬을 뒤따랐다.

선덕 여왕은 절에 이르러 부처에게 기도를 올렸다. 그러는 동안 지귀는 절 앞의 탑 아래에 앉아서 여왕이 나오기를 기다렸다. 그런데 여왕은 좀체 나오지 않았다. 지귀는 지루했다. 그리고 시간이 흐를수록 안타깝고 초조했다. 그러다가 심신이 쇠약해질 대로 쇠약해진 지귀는 그 자리에서 그만 잠이 들고 말았다.

여왕은 불공을 마치고 나오다가 탑 아래에 잠들어 있는 지귀를 보았다. 여왕은 그가 가엾다는 듯이 물끄러미 바라보고는 팔목에 감았던 금팔찌를 뽑아서 지귀의 가슴 위에 놓은 다음 발길을 옮겼다.

여왕이 지나간 뒤에 잠이 깬 지귀는 가슴 위에 놓인 여왕의 금팔찌를 보고 놀란다. 그는 여왕의 금팔찌를 가슴에 꼭 껴안고 기뻐서 어쩔 줄을 몰랐다.

그러자 그 기쁨은 다시 불씨가 되어 가슴속에서 활활 타올랐다. 그러다가 온몸이 불덩어리가 되는가 싶더니 이내 숨이 막히는 것 같았다. 가슴속에 있는 불길은 몸 밖으로 터져 나와 지귀를 어느새 새빨간 불덩어리로 만들고 말았다.

처음에는 가슴이 타더니 다음에는 머리와 팔다리로 옮겨 마치 기름이 묻은 솜뭉치처럼 활활 타올랐다. 지귀는 있는 힘을 다하여 탑을 잡고 일어섰는데 불길은 탑으로

옮겨져서 이내 탑도 불기둥에 휩싸였다.

지귀는 꺼져 가는 숨을 내쉬며 멀리 보이는 여왕을 따라가려고 허우적허우적 걸어가자 지귀 몸에 있던 불기운이 거리에 퍼져서 온 거리가 불바다를 이루었다.

이런 일이 있은 후 지귀는 불귀신으로 변하여 온 세상을 떠돌아다니게 되었다. 불귀신을 두려워하는 백성들을 위하여 선덕여왕이 불귀신을 쫓는 주문(呪文)을 지어 내놓았다.

志鬼心中火(지귀심중화)

지귀 마음에 불이 나서

志身變火神(지신변화신)

몸이 불로 변하네.

流移滄海外(유이창해외)

바다 밖으로 멀리 보내

不見不相親(불견불상친)

보지도 말고 친하지도 말지어다.

　백성들은 선덕 여왕이 지어 준 주문을 써서 대문에 붙였다. 그랬더니 비로소 화재를 면할 수 있었다. 이후 사람들은 불귀신을 물리치는 주문을 쓰게 되었는데, 이는 불귀신이 된 지귀가 선덕여왕의 뜻만 좇기 때문이라고 한다.

사복불언

작자 미상

사복불언

　이 작품은 원효와 관련된 불교 설화로 작자미상의 문헌 설화
이다.

　신라 진평왕 때 서라벌 만선북리(万善北里)라는 마을에 한 과
부가 남편도 없이 아이를 낳았는데, 아이가 열두 살이 되도록 말
도 하지 않고 자리에서 일어나지도 않아 그를 사복(蛇伏)이라고
불렀다.

　어느 날 사복의 어머니가 죽자 원효를 찾아온 사복이 그대와
내가 지난날에 경을 싣고 다니던 암소(사복의 어머니)가 죽었으
니 나와 같이 장사를 지내고 포살수계를 해 달라고 하자 사복을
따라 그의 집으로 가 시신 앞에 분향하고 상여를 메고 활리산(活
里山) 동쪽 기슭에 이르러 사복이 어머니 시신을 업고 띠풀 속으
로 들어가니 땅은 다시 합쳐지고 메고 갔던 상여만 남는다.

　이 설화는 현실세계에서 인정받지 못하지만 훗날 훌륭한 사람
이 될 수 있다는 가능성과 이승과 저승세계를 넘어 연화장(극락
세계)에 가는 죽음 이후의 세계를 보여주는 작품이다.

신라 진평왕 때 서라벌 만선북리(万善北里)라는 마을에 한 과부가 남편도 없이 아들을 낳았는데 아들은 나이가 열두 살이나 되어도 일어나지 못하고, 말할 줄 모른 채 누워만 있었다. 마을사람들은 열 살이 넘도록 누워만 있다는 뜻으로 사동(蛇童) 또는 사복(蛇卜)이라고 불렀다.

어느 날 사복의 어머니가 죽자 누워 있던 사복이 자리에서 일어나 고선사로 원효를 찾아와 전생에 그대와 내가 경(經)을 싣고 다니던 암소가 죽었으니 우리 함께 장사하는 것이 어떻겠는가 하자 원효는 사복을 따라 그의 집으로 간다.

원효는 시신 앞에 분향하고 상여를 메고 활리산 동쪽 기슭에 이르러 지혜로운 호랑이는 지혜의 숲에 묻는 것이 마땅하지 않은가 하자, 옛날 석가모니 부처님은 사라수 사이에서 열반하시고 오늘도 그와 같은 이가 있어 연화장(극락세계)에 들어가려 한다고 사복이 말하고 띠풀을 뽑아내자, 그 아래에 한 세계가 열려 그 속으로 어머니 시신을 업고 들어가니 땅은 다시 합쳐지고 메고 갔던 상여만 남는다.

핵심정리

갈래: 설화

구성: 불교설화

제재: 사복 어머니의 장례

주제: 삶과 죽음의 깨우침

출전: 삼국유사

🐢 사복불언

서울 만선북리(萬善北里)에 한 과부가 남
편도 없이 아이를 잉태하여 낳았는데,
아이가 나이 열두 살이 되도록 말도
하지 않고 자리에서 일어나지도 않
았다. 그래서 그를 사동(蛇童), 혹은
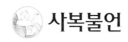
사복(蛇卜), 사파(蛇巴), 사복(蛇伏)이라고 불렀다.

어느 날 그의 어머니가 죽었다. 그때 원효(元曉) 대사
는 고선사(高仙寺)에 머무르고 있었는데 원효가 사동을
맞아 예를 갖춰 배례를 하니 사복은 답례도 하지 않은 채
원효에게 말을 했다.

"그대와 내가 지난날에 경을 싣고 다니던 암소(사복의
어머니)가 지금 죽었으니 나와 같이 장사 지내는 것이 어

떻겠는가."

원효는 그렇게 하자고 허락하고 사복과 함께 집으로 왔다. 사복은 원효에게 포살수계(布薩授戒, 보름마다 지은 죄를 참회하는 승려들의 의식)를 해 달라고 한다. 이에 원효가 시체 앞으로 나가 빌었다.

"태어나지 말지어다. 그 죽음이 괴롭도다.

죽지 말지어다. 그 태어남이 괴롭도다."

원효의 사(詞)를 들은 사복은,

"말이 번거롭다."

라고 말한다. 그래서 원효는 다시 고쳐서 빌었다.

"죽는 것도 사는 것도 모두 괴롭도다."

두 사람은 상여를 메고 활리산 동쪽 기슭으로 갔다. 원효가 말했다.

"지혜 있는 호랑이는 지혜의 숲에 장사지내는 것이 마땅하지 않는가!"

사복은 이에 게송을 지었다.

옛날 석가모니 부처님은

사라수 사이에서 열반하셨네.

오늘도 그와 같은 이가 있어

연화장세계(극락세계)에 들어가려 하네.

게송을 마치고 띠풀을 뽑아내자, 그 아래에 한 세계가
열려 있어 명랑(明朗)하고 청허(淸虛)한 칠보(七寶) 난간
에 누각(樓閣)이 장엄하니 인간 세상은 아니었다. 사복은

시체를 지고 그 세계 속으로 들어간다. 그러자 그 땅은 이내 흔적도 없이 아물어지고 그 후 원효는 돌아온다.

후세 사람들이 사복과 그의 어머니를 위해 금강산(경주 북산) 동남쪽 기슭에 절을 세우고 절 이름을 도장사라 했다. 그리고 매년 3월 십사일에는 점찰회(占察會, 법회)를 행하는 의식을 향규(常例, 상례)로 삼았다.

사복이 세상을 살면서 지낸 시말이란 오직 이것뿐인데 세간에서는 흔히 황당한 말로써 덧붙였으니 가소로운 일이다.

찬(讚)한다.

잠잠히 잠자는 용이 어이 등한하리.
떠나면서 읊은 한 곡 모든 것 다했네.
괴로운 생사는 본래 괴로운 것이 아니니
연화장에 떠돌아도 세계가 넓기도 하구나.

오봉산의 불

작자 미상

오봉산의 불

작품 정리

이 작품은 전라북도 지방에서 채록된 교훈적 내용의 전래 민담이다. 멀리 있을 것 같지만 가까이 있는 오봉산을 찾아 불을 붙이면 그 죄업이 없어지고 모든 것이 원래대로 돌아온다는 내용으로 옛날에 한 여인이 시집을 가서 남편과 행복하게 살다 남편이 문둥병에 걸려 남편을 위해 약이란 약은 다 써도 효험이 없자 남편의 병을 낫게 해 달라고 정성스레 빌었다. 어느 날 중이 찾아와서 "오봉산에 불을 놓고 남편을 찾아가면 병이 반드시 낫는데 반드시 백 일 안에 그렇게 해야 한다고 말한다. 여인은 밤낮으로 오봉산을 찾지만 끝내 찾지 못하고 백 일이 다가오자 남편 곁으로 가서 죽으려고 남편을 찾아가다 자기 손이 오봉산이라는 것을 깨닫고 남편의 병을 고친다는 민담으로 삶의 진실한 가치는 아주 가깝거나 자기 자신 안에 있다는 것을 설화적 수법으로 나타내고 있다.

옛날에 한 여인이 시집을 가서 남편과 행복하게 살았다. 그런데 남편이 문둥병에 걸려 두 사람은 어쩔 수 없이 헤어져 살아야 했다. 여인은 남편을 위해 약이란 약은 다 써도 효험이 없자 남편의 병을 낫게 해 달라고 정성스레 빌었다. 그러던 어느 날 중이 찾아와서 남편을 살릴 방도를 가르쳐 준다. "오봉산에 불을 놓고 남편을 찾아가면 병이 반드시 낫는데 반드시 백 일 안에 그렇게 해야 합니다."라고 말한다. 여인은 밤낮으로 오봉산을 찾지만 끝내 찾지 못하고 중이 말한 백 일이 다가오자 남편 곁으로 가서 죽으려고 남편을 찾아간다. 서산에 지는 해를 보며 넘어가지 말라고 손을 휘젓던 여인은 자기 손이 오봉산이라는 것을 깨닫고 손에 불을 붙여 남편의 병을 고친다.

핵심정리

갈래: 설화

구성: 구전설화

제재: 부인의 지극한 사랑과 정성

주제: 행복은 먼 데 있지 않고 가까운 곳에 있다는 교훈

출전: 구비문학대계

 오봉산의 불

옛날에 문둥병은 지금보다 더 무서웠다. 병을 옮긴다고 하여 병든 사람을 깊은 산 속에다 두고 한 달에 한 번 정도 먹을 것을 정한 데다 가져다주면 병자가 찾아다 먹고 외롭게 혼자 살았다.

옛날에 어떤 사람이 시집을 가서 남편과 깨가 쏟아지게 잘 살다가 남편이 문둥병에 걸려 같이 살 수가 없었다. 떨어지지 않으려고 약이란 약은 다 써 봐도 안 되었다.

그래서 부인은,

"우리 남편 병 낫게 해 주옵소서."

하고 매일 빌었다. 한없이 빌던 어느 날 중이 찾아온
다.

"부인 정성이 지극하니 내가 당신 남편 살 도리를 가
르쳐주리다. 오봉산에다 불을 켜놓고 남편을 찾아가시

오. 그것도 백 일 안에 해야 합니다. 그렇게 해야 남편 병이 낫습니다.”

하고 중이 말하자 부인은 귀가 번쩍 뜨인다.

“스님, 오봉산은 어디 있나요?”

하고 부인이 물었다.

“멀다면 멀고 가깝다면 가까운데 있소이다. 그것은 부인이 찾아야 합니다.”

하고 중이 말하니 부인은 그날로 오봉산을 찾아 나선다. 아무리 찾아도 오봉산이란 곳은 없었다. 조선 팔도를 다 다녔지만 삼봉산은 있는데 오봉산은 없었다.

백 일은 바짝바짝 다가오고 있었다. 그러다 내일이면 백 일이 되는 날에,

“그래, 이왕 죽을 바에는 남편 옆에 가서 죽자.”

하고 남편을 찾아갔다. 가다보니 백 일째가 되었는데 아직 해가 남아 있어서 바삐 갔다. 그러다가 해가 넘어가기 전에 남편 곁으로 가야 하는데 해질녘이 되어 남편이 있는 암자 근처에 와서 그만 쓰러지고 말았다. 조금 남았는데, 조금만 더 가면 죽어도 같이 죽을 수 있는데,

그런데 이제 더 갈 수가 없었다.

해는 사정없이 넘어가려고 한다. 하도 안타까워 그 해를 향해 제발 넘어가지 말라고 손을 내젓고 해를 잡아당기려고 손가락을 쫙 폈다. 해가 넘어갈 때는 서쪽 하늘도 붉고 그 해도 붉다. 그 해를 향해 펼친 손가락 다섯 개를 바라보니 그 손이 오봉산이었다.

"아! 내 손가락이 오봉산이었구나!"

오봉산을 찾으면 불을 붙이려고 항상 부싯돌과 기름을 가지고 다녔다.

그래서 당장 부싯돌을 찾아 불을 켜서 다섯 손가락에다 불을 댕긴 후 기운을 내서 암자를 찾아간다.

잠시 후 남편 있는 암자에 도착한다. 그때 남편이 목욕을 하고 나오는데 그 순간 병이 싹 나았다. 아내와 남편은 함께 마을로 내려와 아들 딸 낳고 잘 살았다.

국어_과 선생님_이 뽑은

한국 문학 읽기
한국 고전 읽기
세계 문학 읽기